Angie Westhoff wurde 1965 geboren. Sie studierte Germanistik und Geschichte in München, wo sie auch heute noch lebt. Sie arbeitet in der Lehrerfortbildung und schreibt Kinderbücher.

Angie Westhoff

Das Buch der seltsamen Wünsche

Oetinger Taschenbuch

Das Papier dieses Buches ist FSC®-zertifiziert und wurde von
Arctic Paper Mochenwangen aus 25% de-inktem Altpapier
und zu 75% aus FSC®-zertifiziertem Holz hergestellt.
Der FSC® ist eine nicht staatliche, gemeinnützige Organisation,
die sich für eine ökologische und sozialverantwortliche Nutzung
unserer Wälder einsetzt.

1. Auflage 2013

Oetinger Taschenbuch GmbH, Hamburg
Februar 2013
Alle Rechte dieser Ausgabe vorbehalten
© Originalausgabe: Klopp im Dressler Verlag GmbH,
Hamburg 2010
Titelbild und Vignetten: Michael Bayer
Druck: CPI – Clausen & Bosse, Leck
ISBN 978-3-8415-0194-3

www.oetinger-taschenbuch.de

Inhalt

Einleitung

Das Holz brach und die Funken stoben. Zwei Jungs saßen am Lagerfeuer und blickten in die Flammen, schweigend und nachdenklich.

»Wir werden uns nicht wiedersehen«, sagte der eine nach einer Weile.

»Und was machen wir mit dem Buch?«, fragte der andere und deutete auf ein schwarzes Heft. Es war nicht viel größer als ein normales Schulheft, ein wenig dicker vielleicht und in Leder gebunden. Seine Oberfläche glänzte im Schein des Feuers.

»Wir könnten es verbrennen.«

»Das wäre ein Jammer«, sagte der andere und schüttelte den Kopf. »Ich denke, es sollte in Umlauf bleiben.«

Er schlug das Heft auf und zückte einen Füller. Die Worte flutschten nur so aufs Papier, und binnen weniger Minuten hatte er die Einleitung geschrieben, eine ganz besondere. Für all die, die nach ihnen ihr Glück versuchen würden.

»Aber wem geben wir es?«, fragte der Erste.

Der andere schwieg. Lange dachte er über die Frage nach, dann zuckte ein Lächeln über sein Gesicht.

»Niemandem. Wer es braucht, wird es finden.«

Das Feuer loderte noch einmal auf und im Schein der Flammen war für einen kurzen Augenblick der Titel zu erkennen. Buch der seltsamen Wünsche *stand auf dem Einband des schwarzen Heftes, geheimnisvoll zuckten die Buchstaben im Licht.*

Der Junge versenkte das Heft in seiner Tasche, warf seinem Freund einen letzten Blick zu und verschwand.

1. Endlich Ferien!

Der schwere Koffer schlug Flint bei jedem Schritt gegen das linke Bein. Das Ding wiegt mindestens zehn Kilo, dachte er. Ich hätte nicht so viel einpacken oder die Straßenbahn nehmen sollen. Aber dafür war es nun zu spät.

Flint warf einen hastigen Blick auf das nächste Straßenschild und atmete auf, diese Straße hier kannte er. Er war im Westend und jetzt war es nicht mehr weit.

In den schmutzigen Fenstern spiegelte sich die Sonne und eine leere Coladose holperte, vom Wind getrieben, klappernd über das Kopfsteinpflaster. Über dem Elektroladen an der Ecke hingen ein paar schlappe Luftballons und im gegenüberliegenden Hauseingang stand ein Händler und brüllte sich heiser. »Frischer Kohlrabi, geräucherter Fisch!«, rief er, und Flint lauschte seiner Stimme, die sich an den Betonwänden brach und schließlich vom staubigen Wind verschluckt wurde.

In den meisten europäischen Städten, zum Beispiel in London oder Paris, galt das Westend als besonders schickes Viertel. Es war das Viertel, in dem die Schönen und Reichen wohnten. Aber in dieser Stadt war das anders. Hier lebten viele einfache Leute: Handwerker und Händler, alte Menschen, Studenten und auch ein paar Bettler, die mit gesenkten Köpfen die Straßen nach einem verlorenen Centstück absuchten oder leere Flaschen aus den Müllkörben fischten. Die Hauswände hatten schon lange keine frische Farbe mehr gesehen, auf den Balkonen trocknete Wäsche und von den Dächern ragten Schornsteine in den Himmel und bohrten sich windschief in die Wolken.

Auch die Buttermelcherstraße lag im Westend.

Und hier im Haus mit der Nummer 37 wohnte Flint bei seiner Tante Claire. Allerdings nur, wenn er nicht gerade im Internat war und über seinen Büchern brütete, was oft genug der Fall war. Eigentlich immer, mit Ausnahme der Ferien. Aber die hatten nun endlich begonnen und Flint hätte in diesem Moment die ganze Welt umarmen können.

»Junge, bist du es?«, rief Tante Claire durchs Treppenhaus, und dann kam sie auch schon die Stufen hinuntergesaust: mit roten Wangen, hochgesteckten Haaren und einem Lachen, das so breit war wie ihr ganzes Gesicht.

»Warum hast du denn nicht angerufen? Und dieser schwere Koffer!«

Tante Claire drückte ihren Neffen und drehte sich mit ihm im Kreis, bis Hausmeister Schripp im Erdgeschoss die Tür aufriss.

»Was ist denn hier los?«, fauchte er, aber bei Flints Anblick zuckte ein Lächeln um seine Lippen. Er nickte dem Jungen zu, und dann war er so schnell, wie er gekommen war, auch wieder verschwunden.

Flint war zwölf Jahre alt und ein ganz normaler Junge. So normal, dass es schon wieder unnormal war. Wenn er das Haus verließ, tuschelten die Leute manchmal hinter vorgehaltener Hand, und Flint ahnte, was sie sagten. »Sieh mal, ist das nicht Flint, der Neffe von Claire? Ach je, sieht der gewöhnlich aus. Wie kann man nur so normal sein?«

Das fragte er sich selbst manchmal auch.

Flint hatte hellbraune Haare und ein schmales Gesicht. Keine Brille oder Warze auf der Nase und auch keine Augenbrauen, die in der Mitte zusammenwuchsen. Leider. Denn Flint hatte nichts, was ihn von den anderen tausend Jungen mit hellbraunen Haaren und schmalen Gesichtern unterschied. Rein gar nichts. Auf der Straße nahm kaum jemand Notiz von ihm. Horden von Mädchen konnten vorbeischlendern und keinen Blick an ihn verschwenden und selbst die Kontrolleure im Bus oder in der U-Bahn übersahen ihn regelmäßig.

Aber das war noch nicht alles. Auch Flints Leben war normal. Stinknormal. Der Sport, den Flint machte, war normal für einen Jungen seines Alters, er spielte Fußball und schwamm. Und die Schule, auf die er ging – ein Internat für Jungen –, war ebenfalls normal. Im Internat hatte er zwei normale Freunde und außerdem eine relativ normale Tante, die, wie gesagt, in einer Wohnung in der Buttermelcherstraße wohnte.

Nur eine Sache gab es in seinem Leben, die war ganz und gar nicht normal. Flint hatte keine Eltern mehr. Sie waren vor langer Zeit gestorben und Flints Erinnerung an sie war inzwischen verblasst wie altes Löschpapier. Doch bei Licht betrachtet gab es im Internat viele Kinder mit ähnlichem Schicksal, tragisch, aber nicht zu ändern, und so wurde auch diese schwerwiegende Tatsache irgendwann zur Normalität.

»Wir haben neue Nachbarn«, erzählte Tante Claire beim Abendessen, und Flint zuckte zusammen. Hoffentlich waren das nicht wieder so aufdringliche Typen, die zu jeder Tages- und Nachtzeit klingelten und um Mehl und Zucker baten. »Keine Sorge«, sagte Claire, die offenbar die Gedanken ihres Neffen erraten hatte. »Diese scheinen ganz nett zu sein. Und etwas selbstständiger.« In diesem Moment klingelte es an der Wohnungstür.

»Lass mich raten«, knurrte Flint, und Tante Claire grinste von einem Ohr zum anderen.

»Nun ja, vielleicht brauchen sie Hilfe. So kurz nach dem Einzug.«

Sie verschwand im Flur, und als sie wiederkam, war sie in Begleitung eines Mädchens. Aber nicht irgendeines Mädchens. Dieses hier hatte fuchsrote wilde Haare, die in alle Richtungen standen. Sie trug ein bauchfreies Top und tatsächlich zwei Röcke übereinander. Soweit Flint das erkennen konnte, waren sie irgendwann einmal rosa gewesen, vermutlich im letzten Jahrhundert. Die Füße des Mädchens steckten in Schnürstiefeln und einer der Stiefel hatte zu allem Überfluss vorne auch noch ein Loch. Unglaublich! Solch eine imposante Erscheinung hatte Flint nicht mehr gesehen, seit Tante Claire vor Jahren als Knecht Ruprecht verkleidet durch das Westend gelaufen war.

»Du meine Güte!«, entfuhr es ihm.

»Passt dir etwas nicht?«, fragte das Mädchen und funkelte ihn mit schmalen Augen an.

Flint schüttelte den Kopf. »Es ist nur, ich meine … du siehst etwas ungewöhnlich aus«, stammelte er.

»Was man von dir ja nicht gerade behaupten kann«, schoss das Mädchen zurück.

Das saß, Treffer versenkt. Flint spürte, wie ihm das Blut in den Kopf schoss.

»Wir freuen uns immer über neue Nachbarn«, sagte Tante Claire und warf ihrem Neffen einen strengen Blick zu. »Möchtest du vielleicht mit uns essen?«

Das Mädchen guckte ein wenig überrascht, ließ sich dann aber tatsächlich in einen Sessel plumpsen. Einfach so. Streckte ihre langen Beine weit von sich und grinste. »Gerne.« Und an Flint gewandt fügte sie hinzu: »Ich bin übrigens Charlotte. Charlotte Stiefbusch. Der Name ist auch etwas ungewöhnlich. Ich weiß.«

Flint wusste nicht, wie ihm geschah, aber plötzlich musste er lachen. Laut, herzlich und so ansteckend, dass auch Charlotte und seine Tante mit einfielen. Sie erhoben ihre Gläser und Claire sprach einen Trinkspruch aus.

Als sie sich wieder etwas beruhigt hatten, fragte Tante Claire Charlotte, ob ihr die neue Wohnung gefalle. Flint bekam das nur mit halbem Ohr mit, weil er damit beschäftigt war, Charlotte anzustarren. Sie hatte stachelbeergrüne Augen, die sie mal nach oben und mal nach unten rollte. Ihre Stirn lag in Falten (was auch ungewöhnlich war für einen Teenager ihres Alters) und neben ihren Mundwinkeln zuckten kleine Grübchen. Am meisten beeindruckten Flint jedoch die Schnürstiefel, und im Lauf der nächsten Stunde warf er einige verstohlene Blicke unter den Tisch, um zu sehen, ob sie noch da waren. Das waren Stiefel, die seiner Meinung nach im neunzehnten Jahrhundert bevorzugt von Gouvernanten getragen worden waren.

»Jetzt fehlt nur noch, dass du alleine lebst«, sagte Flint.

Charlotte tippte sich an die Stirn.

»Spinnst du? Mein Vater arbeitet im Stadtmuseum und meine Mutter erstellt Horoskope. Falls du also mal einen Blick in die Zukunft werfen willst …«

Flint sah Charlotte begeistert an. Wenn ihre Mutter auch nur halb so verrückt aussah wie die Tochter, freute er sich jetzt schon auf ihre Bekanntschaft.

»Meinst du, sie kann mir die Noten vom nächsten Zeugnis vorhersagen?«, fragte er, und es klang äußerst beeindruckt.

»Bei mir kann sie das«, sagte Charlotte. »Das ist aber keine große Kunst. Leider.«

Flint und Tante Claire mussten ein weiteres Mal lachen und es wurde ein rundum schöner Abend. Flint erzählte Geschichten aus dem Internat, Tante Claire backte einen Pfannkuchen nach dem anderen und Charlotte hörte einfach nur zu und stellte bloß dann und wann merkwürdige Fragen.

Es war beinahe acht Uhr, als sie ihre Röcke raffte, aufstand und sich mit der Hand an die Stirn schlug. »Fast hätte ich es vergessen«, sagte sie und rollte ihre stachelbeergrünen Augen. »Meine Mutter gibt am

Donnerstagabend einen Empfang. Nun ja, eher eine Einweihungsparty, unten im Hof. Jedenfalls möchten wir alle Hausbewohner herzlich einladen«, sagte sie, grinste und folgte Tante Claire zur Tür.

Doch plötzlich blieb sie stehen und starrte auf ein Foto. Es war das einzige Foto, das bei Tante Claire im Flur hing, und es war beileibe kein aufregendes Bild: Es zeigte die Reste eines alten Hauses, einen verwilderten Garten und einen minzgrünen Swimmingpool mitten darin.

»Den Garten kenne ich«, sagte Charlotte.

Tante Claire blieb überrascht stehen und Flint schüttelte ungläubig den Kopf.

»Das kann nicht sein«, sagte er leise.

»Doch, irgendwoher kenne ich diesen Garten«, wiederholte Charlotte und trat nun noch einen Schritt näher an das Foto heran.

»Er gehörte zum Haus meiner Mutter«, erklärte Flint leise. »Oder besser gesagt, zu dem ihrer Eltern. Dort hat sie ihre Kindheit verbracht. Leider wissen wir nicht, wo dieser Ort ist.«

»Habt ihr denn keine Adresse?«, fragte Charlotte, immer noch in den Anblick des Bildes vertieft.

»Nein«, murmelte Flint, »und auch sonst ist das alles sehr kompliziert.« Er lächelte wieder und öffnete die Wohnungstür.

»Jedenfalls kenne ich ihn«, wiederholte Charlotte, nickte und schritt die letzten Meter zur Tür. »Mir will bloß nicht einfallen, woher.« Und mit einem schiefen Grinsen verabschiedete sie sich und verschwand.

Im Flur ihrer neuen Wohnung stieß Charlotte gegen Kisten, Umzugskartons und Blumentöpfe. Ihre schwarzen Schnürstiefel verhedderten sich in einem Efeu und ihre Röcke fegten wie ein Wischmopp über Staub und Schmutz.

»Bin wieder da!«, rief sie und tastete suchend nach dem Lichtschalter. »Ich habe total viele Leute kennengelernt. Im vierten Stock lebt eine Musikerfamilie.«

Charlotte rumpelte gegen ein Regal, eine Porzellanvase rauschte zu Boden und riss ein Bündel alter Zeitschriften mit. Tapfer kämpfte sich Charlotte durch das Chaos. »Und nebenan wohnt eine Frau mit ihrem Neffen, echt nett, die beiden«, rief sie und erreichte endlich das Wohnzimmer, den einzigen Raum, der fertig eingerichtet und begehbar war.

Hier saßen ihre Eltern eng nebeneinander auf der Couch. Mama zerstrubbelte Papas Haare und der grinste so süß wie Stan Laurel in seinen besten Zeiten. Er warf Charlotte eine Kusshand zu, legte den Zeigefinger an die Lippen und deutete auf den Fernseher. Es liefen gerade die Nachrichten.

Das Weltraumteleskop Hubble war erneut repariert worden, in Amerika hatte ein wichtiger Mann die Wahlen gewonnen und die Schönheitskönigin von Rio de Janeiro lächelte in die Kamera. In diesem bedeutenden Moment klingelte das Telefon.

Charlottes Mutter schlüpfte in ihre roten Pumps, stöckelte zum Telefon und griff nach dem Hörer. »Stiefbusch«, gurrte sie und lächelte mindestens so bezaubernd wie die brasilianische Schönheitskönigin. Leider nicht allzu lange.

Sie wurde ganz schnell ernst, sagte »Ja, natürlich« und »Ist doch selbstverständlich«, und in diesem Moment wusste Charlotte, dass hier etwas Entscheidendes passierte. Etwas Blödes, Vertracktes, das ihr ganz und gar nicht gefallen würde.

Und so war es auch.

»Ben kommt uns besuchen«, sagte ihre Mutter, nachdem sie aufgelegt hatte.

Genauso gut hätte sie sagen können: »Wir ziehen wieder um«, oder: »Papa hat seine Arbeit verloren« – die Reaktion wäre die gleiche gewesen.

Herr Stiefbusch riss die Augen auf und Charlotte starrte gegen die Wand und schwieg. Das war eine Nachricht, die sie erst einmal verdauen musste. Wie ein fettiges Fischbrötchen am Rande des Verfallsdatums.

Ausgerechnet der! Ben Dünnbier war ihr Cousin ersten Grades, ein Mathegenie und ein Lackaffe, wie er im Buche stand. Bereits im Kindergarten hatte er das Einmaleins fehlerfrei beherrscht, in der ersten Klasse den Dreisatz und vermutlich konstruierte er längst Flugzeuge und Luftkissenboote. Ein neunmalkluger Hosenscheißer, der eine viel zu dicke Brille trug und aufrecht wie ein Zinnsoldat durch die Gegend stapfte. Juniorenmeister im Schach, Bester seines Jahrgangs und so unattraktiv wie ein verschrumpelter Apfel.

Charlotte seufzte.

»Ist ja nur für vier Wochen. Seine Eltern müssen plötzlich geschäftlich verreisen«, erklärte Frau Stiefbusch und griff nach ihrem Zeitplaner, einem dicken Buch voller Friseurtermine, Tennisstunden und Partyeinladungen. »Allerdings sollten wir die Einweihungsfeier am Donnerstag absagen. Eine Hinterhofparty wäre wohl kaum der richtige Einstieg für Ben.«

Charlotte angelte sich eine Tüte Chips und stopfte zwei Handvoll in sich hinein. Vier ganze Wochen? Dann musste sie sich wohl auch einen Zeitplaner zulegen und jede Stunde, nein, jede Minute mit Reitstunden, Schwimmbad und Fahrradtouren füllen. Sie konnte sich auch ein Zelt besorgen und auf dem Campingplatz übernachten oder die Nachbarn von nebenan fragen, ob sie eine Untermieterin akzeptierten.

Charlotte schüttelte missmutig den Kopf, warf sich in einen Sessel mit Blumendekor und streckte ihre langen Beine von sich. »Die Party findet in jedem Fall statt«, erklärte sie und klang so bestimmt wie die Bundeskanzlerin nach einer Hochwasserkatastrophe. »Ich habe nämlich schon alle eingeladen.«

»Auch gut«, erwiderte ihre Mutter fröhlich. Sie griff nach einem Buch mit dem Titel *Kalte Drinks für heiße Tage* und blätterte sich durch die Cocktailrezepte. »Ich könnte Holundersaft machen, mit einem Spritzer …«

Doch Charlotte war nicht bei der Sache. »Ich frage mich, ob es Ben hier gefallen wird«, unterbrach sie die Partyplanung. Skeptisch ließ sie ihren Blick über Flokati-Teppiche, Stehlampen und Regale aus rotem Hartplastik wandern. Es waren Liebhaberstücke aus den Siebzigerjahren, seltene Raritäten, für deren Erwerb die Stiefbuschs wochenlang über sämtliche Flohmärkte der Stadt gebummelt waren.

»Warum denn nicht?«, fragte ihre Mutter erstaunt. »Du wirst sehen, in ein paar Tagen ist die Wohnung komplett eingerichtet.«

»Und für Ben finden wir sicher auch noch einen Platz«, schob ihr Vater unnötigerweise nach. »Wir stellen ihn einfach links neben den Fernseher.« Verschmitzt zwinkerte er seiner Tochter zu und Charlotte kicherte.

Es war eine Sache, sich auszumalen, wie schlimm die

Wochen mit Ben werden würden, aber eine ganz andere, wenn man bedachte, welche Höllenqualen der Cousin in ihrer verrückten Familie zu ertragen hatte. Natürlich würde ihre Mutter alles dafür tun, dass Ben sich wohlfühlte. Sogar die Bestelllisten vom Pizzaservice in den Mülleimer werfen und selbst kochen. Kartoffelküchlein mit Frikadellen und Frikadellen mit Kartoffelküchlein. Alles, was sie eben so konnte. Die Kartoffelküchlein kamen aus der Packung und die Frikadellen aus der Tiefkühltruhe von Tengelmann.

»Das ist die Rache«, knurrte Charlotte, und ihre Laune besserte sich schlagartig. Ben Dünnbier, kläglich gescheitert im Kampf gegen Umzugskartons, Plastikmöbel und Frikadellen. Charlotte grinste, hauchte ihrer Mutter einen Kuss auf die Stirn und verschwand in die Küche. Dort öffnete sie das Fenster, nahm einen Taschenspiegel vom Regal und streckte ihren Arm hinaus in die Nacht. Wenn sie den Spiegel schräg hielt, konnte sie die Fassade des Hauses überblicken. Fast überall brannte noch Licht. Das war schön und äußerst wichtig. Es half nämlich beim Einschlafen, wenn man wusste, dass die anderen noch wach waren und Hilfe holen konnten, falls ein Feuer ausbrach, wilde Tiere kamen oder eine Partisanengruppe die Tür aufstemmte, um ein Trainingslager im eigenen Haus einzurichten.

Glücklicherweise war Charlotte nicht besonders

ängstlich, keine Spur. Sie war nur vorsichtig und hatte gern alles unter Kontrolle, besonders nachts. Das war ein Spleen, wie ihre Freundinnen sagten, und Charlotte liebte Spleens. Da war zum einen die Sache mit dem Taschenspiegel, bevor sie abends ins Bett ging. Das musste einfach sein, und wenn sie es tatsächlich einmal vergaß, wachte sie nachts auf und mühte sich stundenlang ab, um wieder einzuschlafen.

Andere Spleens waren einfacher und weniger stressig. Wie die Sache mit den Ketchupflaschen. Charlotte sammelte sie in allen Farben, Formen und Größen. Es waren leere Flaschen, und niemand konnte so recht verstehen, was sie daran fand, doch es machte einfach Spaß. Mittlerweile besaß sie schon fünfzig verschiedene, das war das beachtliche Ergebnis einer langen und aufreibenden Suche.

Natürlich sammelte sie auch noch andere Dinge: ausgefallene Sprüche, alte Handys, Muscheln und vieles mehr.

Charlotte putzte sich die Zähne, schlüpfte aus ihren Klamotten, brüllte »Gute Nacht!« durch den Flur und marschierte in ihr Zimmer. Schnell schlüpfte sie ins Bett und schloss die Augen, doch sie konnte lange nicht einschlafen. Zu aufregend waren die Dinge, die heute auf sie eingeprasselt waren.

Sie hatte das ganze Haus abgeklappert und an jeder

Tür geklingelt. Die Leute waren nett, hatten mit ihr geplaudert und ihre Schnürstiefel bestaunt.

Ganz oben unter dem Dach wohnte eine Familie, die gerne musizierte und anscheinend eine Tochter in ihrem Alter hatte. Und dann gab es diesen Jungen von nebenan. Flint. Ein netter Typ, das hatte sie sofort erkannt. Gut aussehend und charmant.

Wäre er eine Ketchupflasche, hätte Charlotte ihm den Aufkleber *Unglaublich süß* verpasst und ihn kurzerhand ins Regal gestellt. Neben all die anderen schönen Raritäten. Charlotte grinste und hörte plötzlich klassische Musik, leise Melodien von Geigen und Cello. »Das muss die Familie von oben sein«, murmelte sie. »Wahnsinn, die spielen immer noch, um diese Uhrzeit!« Sie gähnte vergnügt und rutschte endlich auf süßen Träumen in einen schweren und mehr als verdienten Schlaf.

2. Unerwünschte Überraschungen

»Musik!«, rief Herr Jetschmann und raufte sich die Haare. »Könnt ihr keine Musik machen? Alles, was ich höre, sind Noten.«

Jette verdrehte die Augen und legte sich erneut die Geige unters Kinn. Sanft strich sie mit dem Bogen über die Saiten, im Zimmer wurde es ganz still. Drei Augenpaare beobachteten, wie Jette aus ihrer Geige eine kleine Komposition zauberte. Mozart, Streichtrio in Es-Dur. Leicht wie Schmetterlinge erhoben sich die Töne, flossen ineinander wie bunte Farbe, verwoben sich zu einem Schleier, einem Regenbogen, einer Fantasie aus Bildern. Jettes Bogen raste über die Saiten wie ein Ferrari über die Wüstenpiste, ein gewaltiges Donnern, die Töne ebbten langsam ab und verklangen leise.

»Das war gut«, sagte Herr Jetschmann.

Und Jettes jüngere Geschwister grinsten.

»Wow!«, meinte ihr Bruder.

»Erste Sahne!«, sagte die Schwester und jagte ihren

Bogen in winzigen sprunghaften Tönen über ein großes, dickes Cello.

Der Bruder griff nach seiner Bratsche, und Herr Jetschmann versuchte, in diesem Durcheinander einen Takt vorzugeben. »Zwei, drei, vier«, rief er und schwang seinen Taktstock. »Zusammenbleiben, Adagio.« Seine schlohweißen Haare wirbelten wie Meeresgischt um seinen Kopf, und er sah gewaltig aus, wie er so den Takt schlug.

Herr Jetschmann musste dirigieren, denn das war sein Beruf. Und seine Leidenschaft. Tagsüber dirigierte er sein Orchester, den Rest der Zeit seine Kinder.

Bomm, bomm, bomm, machte es plötzlich von unten. Das war der Besenstiel von Frau Knobbe aus dem dritten Stock. Frau Knobbe hatte beim Einzug der Jetschmanns versprochen, stocktaub zu sein. Damals. Aber jetzt klopfte sie Abend für Abend mit dem Besenstiel gegen die Decke.

Das war Betrug. Und Herr Jetschmann hasste Betrug.

»Lauter!«, rief er wütend und Jette grinste. Sie ließ ihre Geige aufheulen. *Tatata,* machte ihr Bruder auf der Bratsche, und ihre Schwester schrubbte das Cello, bis es glühte.

»Ihr seid das teuflische Höllenorchester!«, brüllte Jettes Vater, seine Mähne wirbelte ihm um den Kopf, der

Taktstock fegte wild durch die Luft, da ging plötzlich die Tür auf.

»Jetzt ist aber Schluss«, sagte Frau Jetschmann mit ihrer schönen, dunklen Stimme und die leise Autorität ließ alle Töne verstummen. »Auch wenn wir das gesamte Stockwerk bewohnen, ist das hier immer noch ein Mietshaus. Und wir haben feste Zeiten, in denen wir musizieren dürfen. Nachmittags!«

Dann nahm sie ihrem Mann den Taktstock aus der Hand, strubbelte Jette durchs Haar und gab den Kleinen einen Kuss. »Keine Musik mehr heute und jetzt ab in die Kojen!« Sie wartete fünf Minuten und löschte dann das Licht.

»Morgen spiele ich euch meine neueste Idee vor«, wisperte Jettes Schwester. »Einen Höllenritt auf dem Wasser. Hexen, die aus dem Cello kommen.«

»Wunderbar«, murmelte Jette, dann fielen ihr die Augen zu und sie war auch schon eingeschlafen.

Jette wohnte ebenfalls in der Buttermelcherstraße 37. Im vierten Stock, ganz oben unter dem Dach. Wenn es nachts regnete, konnte sie die Tropfen auf die Dachpfannen trommeln hören, und in den Sommernächten vor Hitze kaum schlafen.

Die Jetschmanns waren eigentlich eine ganz normale Familie. Wäre da nicht die Sache mit der Musik gewesen. Und die Sache mit den Zukunftsplänen.

Herr Jetschmann glaubte nämlich fest daran, dass seine Kinder eines Tages in der Mailänder Scala oder der Londoner Philharmonie spielen würden. Als Solisten, ganz vorne neben dem Dirigenten. Und weil das einen gewissen Grad an Berühmtheit bedeutete, behandelte er seine Kinder schon jetzt sehr zuvorkommend. Sie bekamen eine schöne Stange Taschengeld, wurden morgens mit dem Auto in die Schule gefahren und erhielten Privatunterricht, wann immer ihre Noten abzurutschen drohten. »Selbstbewusstsein ist das A und O«, erklärte er täglich. Und das meinte er auch so.

Deshalb bestimmten auch die Kinder, wohin die Familie in Urlaub fuhr, in welcher Farbe der Flur gestrichen wurde und was es mittags zu essen gab. Für Jette und ihre Geschwister war das ganz normal. Sie selbst entschieden, wie die Dinge laufen sollten. Zu Hause und auch in der Schule.

Wenn Jette morgens den Schulhof betrat, hätte man meinen können, ein amerikanischer Filmstar laufe über den roten Teppich, Angelina Jolie oder Cameron Diaz. Dabei war es nur Jette Jetschmann mit ihren blonden Haaren und den tellergroßen Ohrringen. In Hollywood brauchten die Stars nur mit dem Finger zu schnippen, damit die Welt sich um sie drehte, und genauso war das mit Jette Jetschmann.

Schon auf dem Schulhof war sie umringt von Freunden und Verehrern. Wollte sie telefonieren, reichte ihr prompt jemand das Handy. Ihre Hausaufgaben machte der Klassenbeste und die Mitschüler überhäuften sie mit Einladungen und Angeboten.

Vielleicht lag es an ihrer Ausstrahlung, den weizenblonden Haaren und dem geheimnisvollen Lächeln. Oder einfach nur daran, dass sie wusste, wie man auftrat.

An ihrer Musik oder der Geige lag es jedenfalls nicht, denn davon machte sie kein Aufhebens. Null Komma null, nada, niente. Wenn sie gebeten wurde, der Klasse etwas vorzuspielen, winkte Jette jedes Mal ab.

Wie bescheiden, dachten ihre Mitschüler.

Perlen vor die Säue, dachte Jette Jetschmann und lächelte. Gleichbleibend freundlich und kein bisschen arrogant.

Und wenn sie auf der Straße gegrüßt wurde – schließlich wusste man, wer die Jetschmanns waren –, verschenkte sie das Zucken ihrer Mundwinkel, ein kurzes Nicken mit dem Kopf und sah durch die Leute hindurch, als hätte sie gerade eine Vision.

Gut erzogen, dachten die Leute. Und immer in Gedanken.

Doch das stimmte nicht, in Gedanken war Jette Jetschmann selten.

Ihr Leben strotzte vor angenehmen Momenten, und

die kostete sie aus, genoss die Anerkennung und Bewunderung und liebte es, im Mittelpunkt zu stehen.

Nur eine Sache gab es im Leben von Jette, die ihr schlaflose Nächte bereitete: Umringt von katzbuckelnden Verehrern und schleimenden Tusneldas, hatte sie allmählich ihre wahren Freunde verloren. Die echten, die bei Problemen zuhörten, denen sie nichts vorzumachen brauchte und die sie auch mochten, wenn sie weniger geheimnisvoll auftrat und seltener lächelte. Im Lauf der Jahre waren es immer weniger geworden und schließlich war auch der letzte verschwunden. Ganz unbemerkt, still und heimlich.

Seit Flints Ankunft in der Buttermelcherstraße waren inzwischen ein paar Tage vergangen. In einer kleinen Villa mit Klimaanlage und gekiesten Gartenwegen wurden gerade letzte Reisevorbereitungen getroffen.

»Wo ist denn meine braune Seidenkrawatte?«, rief Herr Dünnbier und raufte sich die Haare.

»Wo du sie hingelegt hast, Schatz«, zwitscherte seine Gattin.

Wie ein aufgeregter Kanarienvogel schoss sie durch die Räume, fegte hier ein paar Krümel zusammen und strich dort eine Tischdecke glatt, polierte noch einmal die Glastische und brachte den Müll nach draußen. »Wie viel Arbeit solch ein Haus doch macht«, stöhnte sie und vergaß für einen kurzen Augenblick, dass sie eine Putzfrau beschäftigte, die sich um die meisten Dinge bereits gekümmert hatte.

»Ben, bist du fertig?«, rief Herr Dünnbier.

Ben legte die letzten Hemden in seinen Koffer, klappte ihn zu und schleifte ihn ins Wohnzimmer. »Es kann losgehen«, erklärte er mürrisch.

Herr Dünnbier nickte und griff nach einem Packen Zeitschriften – die Reiselektüre für ihn und seine Frau. Ein Hochglanzmagazin rutschte heraus, fiel zu Boden und schimmerte rosig im Sonnenlicht. Auf dem Titelblatt war ein Baby zu sehen, ein dickes und ganz besonders fröhliches Baby. *Mutter und Kind* stand in großen Lettern auf der Zeitschrift.

Verwirrt starrte Ben auf die Illustrierte. Es gab keinen Grund der Welt, warum jemand in diesem Haus so etwas lesen sollte. Es sei denn ... Ben wurde schwarz vor Augen. Nein, das konnte nicht sein. Vermutlich handelte es sich um die Zeitung der Putzfrau, ein Werbegeschenk oder ganz einfach eine Verwechslung. Seine Eltern hatten wiederholt betont, dass *ein* Kind völlig genügte. Im Positiven wie im Negativen.

»Mutter und Kind?«, fragte er irritiert und schüttelte den Kopf. »Ihr werdet mir doch nicht erzählen, dass Mama schwanger ist?« Verzweifelt blickte er seinen Vater an, der von einem Fuß auf den anderen trat.

»Doch«, sagte Herr Dünnbier leise, aber für Ben klang es wie der Schuss aus einer Smith & Wesson.

Er wankte und plumpste auf einen Stuhl.

»Aber warum?«, jaulte er. »Ihr habt doch mich und Sonntag.«

Sonntag war der Rauhaardackel der Familie. Er war uralt und so unbeweglich wie ein Auto mit Motorschaden. Meistens lag er in irgendeiner Ecke und pupste zufrieden vor sich hin.

Herr Dünnbier strich sich durch das schüttere Haar, zog einen Stuhl heran und setzte sich neben seinen Sohn.

»Es war ja nicht geplant«, stammelte er und wurde tatsächlich ein bisschen rot. »Aber wir freuen uns und natürlich wollten wir es dir bald sagen.«

»Nicht geplant?«, echote Ben ungläubig. »Jeder Dreikäsehoch weiß, wie Babys zustande kommen, und ihr seid zu däml…«

»Ben!« Frau Dünnbier stand im Türrahmen. Mit puterrotem Kopf und einer Stimme, so schrill wie eine Kreissäge.

»Schon gut«, lenkte Ben ein, aber das war gelogen. Nichts war gut, überhaupt nichts. Jahrelang hatten seine Eltern erklärt, dass Ben ihr Wunschkind sei, der Traum vieler schlafloser Nächte und ihre Hoffnung im Alter.

»Ich bin Klassenbester, Juniorenmeister im Schach, ein Genie in Mathe und nominiert für die Weltmeisterschaft im Kopfrechnen«, murmelte er. »All diese Anstrengungen haben mich sieben Jahre meines Lebens gekostet, das sind 2 557 Tage, mit Schaltjahren. 61 368 Stunden oder 3 Millionen 682 Tausend und 80 Sekunden. Den Schlaf muss ich natürlich abziehen, dann bleiben …«

»Ben!«, rief seine Mutter ein zweites Mal und hielt sich in gespielter Verzweiflung die Ohren zu. Und endlich konnte Ben wieder lächeln. Es glich nicht annähernd dem Lächeln der Mona Lisa und war auch nicht ganz so herzlich wie sonst, aber immerhin.

»Für dich wird sich nichts ändern«, wisperte Frau Dünnbier und strich ihrem Sohn zärtlich über die Haare.

»Nicht?«, fragte Ben erstaunt. »Ich denke schon. So mache ich jedenfalls nicht weiter, nicht zu den neuen Bedingungen. Das habe ich gerade beschlossen.« Mit einem Satz war er auf den Beinen und zur Tür hinaus, zurück blieben nur die verdutzten Eltern und ein verhalten grummelnder Sonntag.

In Anbetracht der besonderen Umstände verzögerte sich die Abfahrt der Familie. Herr Dünnbier versuchte sogar, den Geschäftstermin abzusagen, doch als das nicht funktionierte und Ben keine weiteren Auffälligkeiten mehr zeigte, beschloss man, alles so zu lassen, wie es geplant war.

Sonntag kam zu den Nachbarn und Ben sollte mit einem Taxi zu Familie Stiefbusch fahren. Zum Abschied steckte Herr Dünnbier seinem Sohn ein paar Hundert Euro in die Tasche und kniff ihn in die Wange. »Mach uns keinen Ärger. Und dir selbst nicht allzu viel Sorgen«, sagte er. Und als Ben nickte, entfuhr ihm ein Seufzer der Erleichterung.

Frau Dünnbier knuddelte ihren Sohn wie einen halb fertigen Hefeteig und überschüttete ihn mit feuchten Küssen. »Sag meiner Schwester einen lieben Gruß, und … die Sache mit dem Baby, na ja, sie sollte es wohl besser von mir selbst erfahren.«

Dagegen war nichts einzuwenden, nicht das Geringste. Ben würde das Thema *Baby* die nächsten Wochen definitiv verdrängen. Und nichts half da besser als eine unwissende Umwelt.

Als das Taxi kam, verstaute Ben sein Gepäck, stieg ins Auto und winkte seinen Eltern, bis sie schließlich außer Sichtweite waren. Dann warf er einen schnellen und äußerst überraschten Blick aufs Taxameter. Es war ausgeschaltet.

»Pauschalpreis«, erklärte der Fahrer und lächelte Ben im Rückspiegel an. »50 Euro, hat dein Vater im Voraus gezahlt.«

Ben schüttelte den Kopf. 50 Euro für schlappe 27 Kilometer. Das waren 1,85 Euro pro Kilometer, deutlich mehr als …

Stopp, das genügte. Keine weiteren Rechenschiebereien, damit war nun Schluss. Er wollte sich auf andere Dinge konzentrieren, auf die kommenden vier Wochen bei den Stiefbuschs zum Beispiel. Was ihm vor wenigen Tagen noch als Tortur und grausame Strafe erschienen war, präsentierte sich nun in einem völlig anderen, fast angenehmen Licht. Ben freute sich plötzlich auf die Ablenkung in der fremden Familie.

Von Charlotte hatte er nur noch ein schemenhaftes Bild im Kopf: eine etwas schrullige Cousine mit einer Vorliebe für Röcke und Ketchupflaschen. Sein Onkel machte Späße, die keiner verstand, doch seine Tante war eine herzliche Frau, die zwar nicht kochen konnte, aber eine übersichtliche Ein-Kind-Politik betrieb. Sympathisch, sehr sympathisch sogar!

Nachdenklich blickte er aus dem Fenster. Draußen tobte der Sommer, Felder mit Mohnblumen zogen vorbei, der Mais stand schon kniehoch und Kinder ließen erste Drachen steigen.

Ben lehnte sich zurück und nickte tatsächlich ein.

Als das Taxi vor dem Haus in der Buttermelcherstraße hielt, war aus den Fenstern im vierten Stock klassische Musik zu hören.

»Mozart«, murmelte Ben, und ein warmes Gefühl beschlich ihn, wie immer, wenn jemand in seiner Nähe Musik machte. Es konnte losgehen, der Urlaub hatte begonnen.

»Hoffentlich werden diese Sommerferien nicht langweilig«, murmelte er und schickte ein kurzes Stoßgebet zum Himmel.

Wenn Ben gewusst hätte, welches Abenteuer vor ihm lag, hätte er das mit dem Gebet vielleicht gelassen.

3. Eine seltsame Geschichte

Das Abenteuer begann schon wenige Stunden später, genauer gesagt, noch am selben Abend. Die Sonne ging langsam unter, nur die Hitze wollte nicht weichen. Sie klebte am Beton, in den Straßen und Hinterhöfen. Die Bewohner des Westends trafen sich auf einen Eiskaffee oder ein kühles Glas Bier, würzten die Luft mit dem Duft von Grillfleisch und freuten sich auf einen schönen Abend.

So war das auch in der Buttermelcherstraße, wo die Einweihungsparty der Stiefbuschs stattfand.

Frau Stiefbusch hatte im Hinterhof Tische aufgestellt, weiße Papiertischdecken reichten bis zum Boden, große Kerzenleuchter aus Porzellan reckten ihre Arme in den Himmel und die alte Blutbuche leuchtete im Abendlicht.

Hausmeister Schripp trat vor die Tür und lächelte. Ja, so hatte er sich das vorgestellt. Selten genug, dass hier gefeiert wurde, aber dass ausgerechnet die Neuen zu einem Empfang luden, zeugte von Stil. Und von hervorragenden Manieren. Ganz die alte Schule, auch wenn die Stiefbuschs eher ein wenig … nun ja, locker wirkten. Aber der Hinterhof sah fantastisch aus.

»Abendrot, Morgentod«, unkte die alte Frau Knobbe und schlurfte auf den Hof hinaus. Mit ihrem Gehstock verscheuchte sie eine Katze, schnappte sich einen Stuhl und stellte ihn unter die Blutbuche. Hier saß sie gut und keine zehn Pferde würden sie heute Abend von diesem Platz vertreiben.

Herr Schripp schüttelte den Kopf, er mochte die Knobbe nicht. Sie spionierte, lauschte an Türen und war auch ansonsten eine recht unangenehme Person. Vor der musste man sich in Acht nehmen, das hatte schon seine verstorbene Frau gesagt.

Herr Schripp seufzte und dachte an Katina. Jahrelang hatten sie eine kinderlose, aber gute Ehe geführt und den Alltag gemeistert, mit ein paar Urlauben auf Mallorca und einer Handvoll Katzen. Bis Katina vor einem Jahr gestorben war. Seitdem war es in seinem Leben ruhig geworden, unangenehm ruhig. Herr Schripp war völlig in alte Erinnerungen versunken, als er plötzlich den Jungen bemerkte.

Flint saß auf einem Stuhl an der Hauswand. Neben dem Oleander rechts und dem Fahrradschuppen links. Fast sah es aus, als wäre er extra früh gekommen, um keine Sekunde der bevorstehenden Party zu verpassen, aber Herr Schripp wusste es besser: Der Junge wollte nicht auffallen, wollte um nichts in der Welt Aufmerksamkeit erregen. Deshalb kam er stets zu früh, setzte sich weit entfernt in dunkle Ecken, zog die Schultern hoch, lachte nie laut und war immer höflich. Und doch hätte ihm ein wenig Aufmerksamkeit sicher nicht geschadet, dachte Herr Schripp voller Mitgefühl. Seufzte und holte sich ein Glas Holundersaft.

Langsam füllte sich der Hinterhof, die Hausbewohner kamen, und sie kamen fast alle: Herr und Frau Jetschmann, Familie Mühlfrost aus dem zweiten Stock und ihre Nachbarn, ein jüngeres Paar, und natürlich Flints Tante. Die Stiefbuschs begrüßten ihre neuen Nachbarn, legten Frikadellen auf den Grill, schenkten Getränke aus, und es dauerte nicht lange, bis die Gäste in emsige Gespräche vertieft waren.

Herr Schripp nippte an seinem Holundersaft und beobachtete das bunte Treiben.

Frau Stiefbusch war eine höchst attraktive Blonde, Herr Stiefbusch ein langer Lulatsch mit nachlassendem Haarwuchs. Und die Tochter? Sie erinnerte ihn an eine Vogelscheuche auf einem frisch gesäten Kornfeld, eine hübsche Vogelscheuche allerdings. Meine Güte, die Kleine trug tatsächlich Schnürstiefel und zwei Röcke übereinander, das war selten heutzutage. Hinterdrein stapfte ein stämmiger und piekfein gekleideter Junge.

Er ging aufrecht wie ein Zinnsoldat und stellte sich allen Anwesenden persönlich vor.

»Ben Dünnbier«, sagte er und streckte Herrn Schripp die Hand entgegen. »Ich gehöre zu den Stiefbuschs. Leihweise sozusagen.«

Herr Schripp schluckte. *Leihweise sozusagen?* Diese Familie war doch verrückter, als er gedacht hatte. Von Adoptivkindern hatte er gehört, auch von Schlüssel- und Pflegekindern. Aber dass es Leihkinder gab, war ihm neu. Er schüttelte die Hand des Jungen, die ein wenig klebrig war, feucht und ganz weich.

»Und ich bin Charlotte«, erklärte das Mädchen mit den Röcken, »Ben ist mein Cousin.«

Sie sagte nicht Kuseng, sondern Kusää, und es klang so französisch, dass Herr Schripp für einen wehmütigen Augenblick an Paris denken musste. Doch lange konnte er nicht bei diesem Bild verweilen, denn der junge Mann deutete auf Frau Knobbe und plapperte munter darauflos. »Mal angenommen, die ältere Dame ist 85 Jahre alt und hat jeden Tag ihres Lebens in diesem Haus verbracht. Dann wären das 31 046 Nächte unter demselben Dach, eine schöne Vorstellung, oder?« Kaum hatte er den Satz zu Ende gesprochen, biss er sich auf die Lippen und wurde rot, doch Herr Schripp stand da wie vom Donner gerührt. »Mein Gott, Junge, hast du das im Kopf gerechnet? Fabelhaft, ganz außergewöhnlich!« Und plötzlich, ganz plötzlich schoss ihm eine Idee durch den Kopf. Sie war ein wenig verrückt, aber durchaus nicht abwegig. Vielleicht würde endlich wieder Farbe in sein Leben kommen. Wenn er es nur geschickt anstellte …

Er nickte, straffte die Schultern und marschierte zielsicher zur Hauswand hinüber. Genau dorthin, wo Flint saß.

»Kann ich dich sprechen?«, fragte er.

Flint nickte überrascht. »Natürlich. Immer doch.«

Herr Schripp zog einen Stuhl heran und setzte sich. »Ich brauche deine Hilfe. Vorausgesetzt, du hast ein wenig Zeit.«

Flint lächelte. »Zeit habe ich, jede Menge sogar. Und ich helfe gerne, wenn ich kann.«

»Das dachte ich mir«, sagte Herr Schripp, überlegte eine Sekunde, und als er zu sprechen begann, wägte er jedes seiner Worte vorsichtig ab. »Es ist eine alte Geschichte. Es geht um damals, um … Nun, um etwas sehr Wichtiges. Und es wäre mir lieb, wenn das unter uns bleiben könnte.«

Sein Wunsch verhallte ungehört. Charlotte pirschte sich bereits heran. Wie eine Katze, die süße Milch gerochen hatte. »Störe ich?«, fragte sie neugierig, stellte sich neben Flint und trat zögernd von einem Fuß auf den anderen.

»Oh«, sagte Herr Schripp, doch dann lächelte er. »Wenn du eine Freundin von Flint bist …«

»Bin ich«, sagte Charlotte prompt.

Flint schüttelte betreten den Kopf, doch Herr Schripp fuhr ohne Umschweife fort. »Ich suche einen alten Freund. Einen Menschen, den ich seit vielen, vielen Jahren nicht gesehen habe. Kennengelernt haben wir uns in der vierten Klasse, wir saßen in der Schule eine Zeit lang nebeneinander.« Herr Schripp räusperte sich und wandte sich dann an Charlotte. »Genau wie dein Cousin war mein Freund ein Ass in Mathe. Schon in der fünften Klasse berechnete er Beschleunigungen im freien Fall, dividierte Brüche im Kopf und potenzierte Primzahlen.«

Wie unbeabsichtigt hatte er etwas lauter gesprochen, und es dauerte keine zehn Sekunden, da gesellte sich auch schon Ben zu der kleinen Gruppe. »Entschuldigung, aber das interessiert mich«, sagte er leise. »Darf ich zuhören?«

Ein Lächeln rutschte über das Gesicht von Herrn Schripp und er nickte. »Ich habe diesen Freund, der so toll rechnen konnte, vor über sechzig Jahren aus den Augen verloren«, erklärte er. »Meinen engsten, wichtigsten Freund. Nun bin ich alt, die Gesundheit spielt nicht mehr mit und … es gibt da ein gemeinsames Geheimnis, eine unerledigte Angelegenheit, würde man heute vielleicht sagen. Jedenfalls möchte ich ihn gerne wiedersehen.«

»Und was können wir da tun?«, fragte Flint überrascht.

»Ich habe nur noch seinen Namen«, murmelte Herr Schripp. »Grollmann, Walter Grollmann. Keine Adresse, nichts. Vielleicht ist es euch jungen Leuten möglich, ich meine, mit Internet und modernen Recherchemethoden ...«

Flint nickte, er hatte verstanden.

Auch Charlotte und Ben nickten.

Und noch jemand nickte. Jette Jetschmann. Sie stand neben dem Oleander, das Mondlicht spiegelte sich in ihren Silberohrringen und ihr Lächeln war so strahlend wie das einer Zahnfee.

»Unser Hausmeister hat also ein Geheimnis«, sagte sie triumphierend, und es klang, als hätte sie einen Ganoven überführt. »Was da wohl dahintersteckt?« Sie musterte die kleine Runde abschätzig. »Und? Würde mich irgendjemand mal aufklären?«

Diesmal lächelte Herr Schripp nicht. Er kniff die Augen zusammen und seufzte. Während Charlotte voller Abscheu das fremde Mädchen anstarrte. »Wohnt die hier?«, fragte sie spitz.

»Die wohnt hier«, entgegnete Jette Jetschmann zufrieden und ließ sich anmutig auf einen Stuhl fallen.

Herr Schripp hatte sich nach dem Auftritt von Jette recht schnell unter die anderen Partygäste gemischt. Flint, Charlotte und Ben suchten ebenfalls das Weite. Sie schlenderten zum Grill, aßen ein paar Frikadellen und verabredeten sich für den nächsten Tag.

Jette Jetschmann blieb allein und hatte das Nachsehen. Hoch erhobenen Hauptes verließ sie die Party, rauschte in ihre Wohnung im vierten Stock und marschierte direkt ins Badezimmer. Wie immer, wenn sie sich ärgerte, putzte sie ihre Zähne. Und zwar nicht nur so dreimal hin und her. Sondern stundenlang, bis sie sich beruhigt hatte.

Was für eine Vogelscheuche, welch blöde, hirnverbrannte Zicke, dachte sie wütend. Offenbar war diese rothaarige Tussi neu hier, aber mit keinem Zucken ihrer Wimpern hatte sie zu verstehen gegeben, dass sie Anschluss suchte. Oder gerne Jettes Freundin werden wollte. Ganz im Gegenteil.

»Wohnt die hier?«, äffte Jette die Stimme des Mädchens nach.

Was für eine Frechheit, welch frevelhafte Unverschämtheit! Die Leute redeten normalerweise *mit* Jette Jetschmann und nicht über sie. Schon gar nicht, wenn sie danebenstand. Es hatte geklungen, als wäre sie selbst durchsichtig wie Luft. Das hatte es tatsächlich noch nie gegeben! Und nun wohnte diese Krähe auch noch hier.

Im selben Haus und umringt von Menschen, die ihre Gesellschaft zu schätzen schienen. Na, das konnte ja heiter werden. Jette spuckte die Zahnpasta ins Waschbecken und spülte den Mund aus.

Und dann dieser Hausmeister. Offenbar hatte er ein Geheimnis, eine unerledigte Angelegenheit, wie er selbst es nannte. Doch leider war Jette zu spät gekommen, und das ausgerechnet heute. Und nun hatte sie keine Ahnung, worum es bei dieser ganzen Sache ging und was die Zuhörer so in den Bann gezogen hatte. Es war zum Verrücktwerden!

Aber sie würde schon noch dahinterkommen. Zumal sie den Alten nicht besonders mochte. Ständig nörgelte er herum, Hausordnung hier, Ruhestörung da, und sie war solche Töne einfach nicht gewohnt. Jette Jetschmann konnte machen, was sie wollte. So war sie erzogen worden und so lebte sie auch. Hausmeister hin, Hausordnung her.

Jette spuckte ein letztes Mal ins Waschbecken, dann löschte sie das Licht und ging zu Bett. Kurz vor dem Einschlafen hatte sie plötzlich eine Idee. Und wie bei einer Komposition, die Note um Note wuchs, reifte in Jettes Kopf langsam, ganz langsam ein Plan. Er strotzte vor Rachegelüsten und dem Wunsch nach Genugtuung. Diese rothaarige Hexe und ihre Jungs würden noch Augen machen, so viel war jedenfalls sicher.

Einer dieser Jungs lag drei Stockwerke tiefer in der Badewanne, starrte an die Decke und dachte nach. Über den merkwürdigen Abend, die neuen Nachbarn und natürlich Herrn Schripp.

Bis vor wenigen Stunden hatte Flint geglaubt, seine Ferien in der Buttermelcherstraße würden so beschaulich verlaufen wie jedes Jahr: ein paarmal ins Schwimmbad, die neuen Bücher lesen, gemeinsame Abendessen mit Tante Claire und vielleicht sogar ins Fußballstadion, denn seine Tante hatte versprochen, Karten zu besorgen. Doch nun war alles durcheinandergeraten. Schon das Auftauchen von Charlotte in ihren seltsamen Stiefeln und Röcken hatte ihn mehr beschäftigt, als er zugeben wollte. Dann hatte sie erklärt, das Grundstück seiner Großeltern zu kennen, den Garten, nach dem er schon so lange suchte. Und nun kam auch noch Herr Schripp und erzählte von einem verlorenen Freund und alten Geheimnissen.

Flint mochte Herrn Schripp, doch leider war er manchmal etwas wirr im Kopf. Letzten Sommer hatte er Alarm geschlagen, weil in seine Wohnung Alligatoren eingedrungen waren. Und zwei Tage später stieß er sich den Schädel an einer Postkutsche, die in seinem Wohnzimmer parkte. Zum Glück stellte der Hausarzt bald fest, dass Herr Schripp vergessen hatte, seine Tabletten zu nehmen. Und dass die Alligatoren und die

Postkutsche, so schade das auch war, nur in seinem Kopf existierten.

Flint schloss die Augen und schüttelte den Kopf.

Nein, der Hausmeister hatte heute Abend ganz vernünftig geklungen. Es ging um ein einfaches kleines Problem, eine rasche Angelegenheit! Ein paar Klicks am Computer und die Sache war geritzt, Walter Grollmann schneller gefunden und eingeladen, als Herr Schripp Kuchen kaufen konnte.

Doch irgendetwas beunruhigte Flint an dieser Geschichte, etwas passte nicht. Was war das nur? Flint riss die Augen auf. Aber natürlich …

Der Hausmeister hatte um Verschwiegenheit gebeten und dennoch bereitwillig zugestimmt, als erst Charlotte und später auch noch ihr Cousin zuhören wollten. Das war merkwürdig, äußerst merkwürdig sogar. Und dann der Auftritt von Jette, du meine Güte!

Flint seufzte und betrachtete über den Seifenschaum hinweg seine aufgequollenen Fingerkuppen. Wenn er noch länger im Wasser lag, würde seine Haut Blasen werfen und platzen, wie der schimmelige Putz an den Wänden. Das Bad hätte längst renoviert gehört, aber für solche Dinge hatte seine Tante kein Geld.

Flint zog den Stöpsel aus der Wanne, tauchte unter und lauschte dem Weg des Wassers hinunter in die Abwasserkanäle. Dann kletterte er aus der Wanne, trocknete sich ab, stieg in seinen Pyjama und machte sich auf den Weg in sein Zimmer.

Charlotte hatte ihren Eltern geholfen, den Hof aufzuräumen, dann hatte sie in ihren Taschenspiegel geschaut, war ins Bett geschlüpft und sofort in einen wilden Traum gestürzt. Der Traum handelte von Muscheln. Miesmuscheln, Austern und Flussperlmuscheln. Herr Schripp hatte in ihrem Traum einen ganzen Sack davon. Und er kannte sie alle mit Namen. Eine hatte er allerdings verloren, die schönste von allen. »Wirst du mir helfen, sie zu suchen?«, fragte er leise, und Charlotte stieg aus dem Bett, wanderte über herrliche Sandstrände und überlegte. Dann schüttelte sie den Kopf.

»Aha«, sagte Herr Schripp. Er sagte einfach nur »Aha«.

Dann kramte er in dem Sack und zog eine Muschel hervor. Sie war ganz weiß und erinnerte an das Gebiss eines Haifisches. »Solch eine habe ich verloren. Eine asiatische Kauri-Muschel. Sie ist so schön, dass manche Leute sogar damit bezahlen. Möchtest du es mal ausprobieren?«, fragte er. Charlotte schüttelte erneut den Kopf. Wer sagte ihr, dass sie dem alten Mann trauen konnte?

»Sie glaubt Ihnen nicht«, sagte ein blondes Mädchen mit großen Ohrringen und griff nach der Muschel. Versenkte sie in ihrer Tasche und verschwand.

Charlotte ärgerte sich. Über das blonde Mädchen und die Muschel, die jetzt weg war. Aber am meisten ärgerte sie sich über sich selbst.

»Ich muss jetzt gehen«, sagte sie.

»Wirst du mir helfen?«, fragte Herr Schripp, und Charlotte drehte sich noch einmal um. »Ich denke schon.«

Dann ging sie zurück zu ihrem Bett, beendete diesen merkwürdigen Traum und fiel in einen tiefen und ungestörten Schlaf.

Ben nutzte die Stille der Nacht. Im Gästezimmer der Familie Stiefbusch hatte er seinen Laptop angestellt und googelte *Walter Grollmann*. Fehlanzeige. Weiter mit Facebook und Schulfreundefinder, ebenfalls negativ. Das war zu erwarten gewesen. Der Mann hatte das falsche Alter für den modernen Schnickschnack. Die Freunde hatten sich vor sechzig Jahren zum letzten Mal gesehen, da war die heutige Technologie machtlos. Diese Generation hatte mit Computern meist nichts am Hut, und wenn jemand nicht zufällig ein Buch veröffentlicht oder als Schauspieler gearbeitet hatte, wurde es schwierig.

Außerdem gab es jede Menge ungeklärter Faktoren. Wo waren die beiden zur Schule gegangen? Lebte der Mann überhaupt noch? Und wenn ja, wo war er gemeldet? Ben lehnte sich zurück und überschlug im Kopf die Wahrscheinlichkeit, den Kerl zu finden. Rechnerisch betrachtet lagen die Chancen gar nicht so schlecht. Aber wie sollte er vorgehen? Nun, eigentlich war es ja nicht seine Aufgabe, sondern die des anderen Jungen. Recht nett schien der zu sein, etwas schüchtern und wortkarg, aber genau das machte ihn sympathisch. Ben hasste es, wenn jemand zu viel redete. Sätze, in denen keine Zahlen vorkamen, waren so langweilig wie Wundertüten ohne Inhalt, und deshalb war es schön, wenn sie kurz und knapp ausfielen.

Ben lehnte sich zurück und dachte nach. Walter Grollmann war von Zahlen begeistert, wie er selbst. Ob er sein Hobby zum Beruf gemacht hatte? Ben beugte sich über den Laptop, neuer Versuch: *Grollmann, Mathematiker.* Keine Ergebnisse. *Grollmann, Lehrer.* Keine Ergebnisse.

Also musste er anders vorgehen. Er klickte sich in den Chat der Mathematiker, auf die Seite der Weltmeisterschaft im Kopfrechnen, in seine private Verteilerliste, und überall setzte er denselben Text ab: *Wer kennt Walter Grollmann? Ungefähr 70 Jahre alt, Mathegenie. Bin auf der Suche nach ihm, dringend!*

Innerhalb der nächsten Stunden würden Hunderte von Mathefreunden diesen Text lesen. Die Wahrscheinlichkeit, dass sich einer von ihnen meldete, lag zwar leider nur bei ... Bens Kopf sackte auf die Tastatur und in null Komma nichts war er eingeschlafen.

Irgendwann in der Nacht piepste sein Computer und der Bildschirm flackerte auf. *Sie haben eine Nachricht,* verkündete die einsame Textzeile. Doch Ben bemerkte es nicht, er schlief längst tief und fest.

4. Gesucht: Walter Grollmann

Mit Abenteuern war das so eine Sache. Sie lagen in der Luft wie Mücken im Sommerwind oder auf der Straße wie buntes Herbstlaub. Aber kaum bückte man sich nach ihnen, griff oder schnappte danach, waren sie verschwunden. Wie ein Schwarm Mücken oder ein Haufen Herbstlaub, in den ein Windstoß fuhr.

Also warteten die meisten Menschen einfach ab, bis das Abenteuer zu ihnen kam. Bis es leise an die Hintertür klopfte und die Ahnungslosen in einen Strudel aufregender Erlebnisse riss.

In der Buttermelcherstraße war das Abenteuer längst angekommen. Mit einem leisen Pieps war es ins Haus geschlichen und als scheinbar harmlose Textnachricht auf den Computer gehuscht.

»Wir haben ihn!«, rief Charlotte am nächsten Morgen und läutete an Flints Tür Sturm. »Wir haben Grollmann gefunden!«

»Grollmann?«, fragte Tante Claire erstaunt und trat einen Schritt zur Seite. Mit wehenden Röcken stürzte

Charlotte in die fremde Wohnung, im Schlepptau hatte sie ihren Cousin. Und schon waren die beiden im Wohnzimmer, wo Flint noch beim Frühstück saß.

»Hey«, rief Flint überrascht. »Das kann nicht sein. Ich habe ihn schon gegoogelt, aber …«

»Keine Chance, ich weiß«, sagte Ben, sah sich vorsichtig um und atmete erleichtert auf. Diese Wohnung erinnerte ihn an zu Hause, mit Decken auf den Tischen, Kissen und ganz normalen Möbeln.

»Ben saß die halbe Nacht vor dem Computer«, erklärte Charlotte aufgeregt. »Er hat ebenfalls nichts gefunden, also hat er ein paar Mathefreaks angeschrieben.«

Ben nickte und seine Wangen röteten sich vor Stolz. »Irgendwann heute Nacht kam die Antwort. Von 17 04.«

»Von 17 04?«, fragte Flint überrascht.

»Wir haben Codenamen«, erklärte Ben ungeduldig. »17 04 kennt einen Walter Grollmann. Er wohnt im Reitmorweg 12, in der Nähe der Autobahnauffahrt.«

Flint war nun hellwach. »Er wohnt hier? In dieser Stadt, keine fünf Kilometer entfernt? Und ihr seid sicher, dass es unser Mann ist?«

»Keine Ahnung«, erwiderte Ben. »Aber er hat den richtigen Namen und scheint ein hervorragender Mathematiker zu sein.«

Er zog den Zettel mit der Adresse aus seiner Hosentasche und legte ihn auf den Tisch.

In diesem Moment betrat Tante Claire das Zimmer und balancierte dabei ein Tablett vor sich her. »Was auch immer ihr plant, Zeit für eine Tasse Kakao sollte sein.«

Charlotte und Ben nickten dankbar und schlürften ihren Kakao, während Flint einen Stadtplan holte und den Reitmorweg suchte.

»Hier ist es«, murmelte er. »Da kommen wir super mit der U-Bahn hin.« Er scheuchte die beiden Gäste auf, gab Tante Claire einen Kuss auf die Wange und griff nach seiner Jacke.

»Herzlichen Dank, aber wir müssen los«, sagte er.

Dann stürzten die ungleichen Freunde aus der Wohnung, fast so, als wäre der Teufel hinter ihnen her.

Es dauerte keine zehn Minuten, als es erneut an der Wohnungstür von Flints Tante klingelte.

»Ob sie etwas vergessen haben?«, murmelte Claire und eilte durch den Flur. Doch es waren nicht Flint und seine neuen Freunde. Vor der Tür stand Jette Jetschmann.

»Ist Ihr Neffe zu sprechen?«, fragte sie und zeigte ihr strahlendstes Lächeln.

Claire zuckte bedauernd die Schultern. »Der ist gerade weg. Kann ich etwas ausrichten?«

Jette zog die Stirn in Falten und seufzte. »Ach herrje, es ist wirklich dringend. Sie wissen nicht zufällig, wohin er gegangen ist?«

Tante Claire überlegte eine Sekunde lang. Nein, das wusste sie nicht. Sie hatte nicht nachgefragt und Flint war ziemlich in Eile gewesen. Aber der Junge von nebenan hatte doch einen Zettel aus der Tasche gezogen, mit einer Adresse. Vielleicht …

»Einen Augenblick«, sagte sie und verschwand im Wohnzimmer. Freudestrahlend kam sie zurück zur Tür. »Da hast du aber Glück gehabt. Hier ist die Adresse. Ich glaube, da wollten sie hin.« Sie drückte Jette den Zettel in die Hand und lächelte. »Das ist alles, was ich für dich tun kann.«

»Oh, danke«, sagte Jette. »Das ist mehr als genug.« Sie warf einen schnellen Blick auf das Papier, verabschiedete sich und raste in ihre Wohnung. Dort guckte sie auf den Stadtplan, sauste zum Fahrradschuppen hinunter, sprang auf ihr Rad und trat in die Pedale.

Flint und seine Begleiter waren im Westend in die U-Bahn gestiegen und fünf Stationen später wieder ausgestiegen. Der Reitmorweg war eine kleine Gasse mit ehemals schönen Häusern und nun verwahrlosten Gärten am Autobahnkreuz West. Das Rauschen der Fahrzeuge war so laut und durchdringend, dass die meisten

Häuser leer standen, weil niemand hier wohnen wollte. Mit Ausnahme von Grollmann, wie es schien.

Vor dem Haus mit der Nummer 12 blieben die Freunde stehen.

»Mir ist das alles ein wenig suspekt«, wisperte Flint. »Schripp hat Grollmann jahrelang nicht gesehen. Aber der wohnt nur fünf Kilometer entfernt. Wie hoch ist die Wahrscheinlichkeit, dass man sich nicht über den Weg läuft, in dieser kurzen Entfernung in all dieser Zeit?«

»Minimal«, erwiderte Ben.

Charlotte schnaubte. »Jungs, wenn es nicht der Richtige ist, erfahren wir das in wenigen Minuten. Nur leider müssen wir ihn fragen. Wollen wir also reingehen?«

Flint verkniff sich ein Grinsen, und auch Ben schien amüsiert, öffnete das Gartentor und schritt über einen schmalen Weg aus Pflastersteinen zum Haus. Sie klingelten, einmal, zweimal, und endlich hörten sie schlurfende Schritte, ein bissiges Grummeln, dann ging die Tür auf.

Vor ihnen stand ein älterer Herr. Er hatte weiße Haare, die in alle Richtungen standen. Der abgewetzte Jogginganzug hatte die eine oder andere Reinigung verpasst und die Schlappen an seinen Füßen waren so ausgelatscht wie alte Filzpantoffeln.

»Sind Sie Herr Grollmann, Walter Grollmann?«, fragte Flint.

Missbilligend blickte der Mann über den Rand seiner Brille.

»Was ist denn heute los?«, schnauzte er. »Habe ich eine Annonce in die Zeitung gesetzt, in der steht, dass ich um Besuch bitte?«

Sprachlos starrten die Gäste ihn an.

»Reinkommen«, befahl er, und die Freunde folgten ihm durch den dunklen Flur. Als sie ins Wohnzimmer traten, wurde klar, was Herr Grollmann meinte. Auf der Couch saß Jette Jetschmann, blätterte in alten Comics und lächelte.

»Auch schon da?«, fragte sie, und es klang wie in der Geschichte vom Hasen und dem Igel.

Charlotte blieb die Spucke weg. »Was machst du denn hier?«

»Oh, Madam redet mit mir«, zischte Jette.

»Hinsetzen«, befahl Herr Grollmann, und es klang dermaßen autoritär, dass alle Neuankömmlinge auf der Stelle aufs Sofa plumpsten. Charlotte stellte fest, dass das Sofa erstaunlich bequem war.

»Also, was wollt ihr?«, fragte der alte Herr unsanft.

»Wir wollten Sie etwas fragen«, begann Flint, dann zögerte er. »Aber wenn Sie Besuch haben, ist das ungünstig. Wir kommen lieber ein andermal wieder.«

Charlotte grinste, eins zu null für Flint.

Doch Jette ließ sich nicht so leicht abwimmeln. »Ich denke, wir sind alle in derselben Sache hier«, konterte sie. »Es geht um Herrn Schripp.«

Der alte Herr riss die Augen auf. »Um Joachim? Joachim Schripp? Ach, du meine Güte!«

Er plumpste in den nächstbesten Sessel, rutschte ganz vorne an die Kante und starrte Jette an. »Was ist mit ihm? Geht es ihm gut? Woher kennt ihr ihn?«

Jette würgte an der Antwort und wurde tatsächlich ein kleines bisschen rot. Schließlich hatte sie keinen blassen Schimmer, wie das alles zusammenhing, und wenn ihr nicht bald jemand aus der Patsche half …

»Es geht ihm gut«, sagte Flint endlich. »Allerdings ist seine Frau gestorben und seine Gesundheit … nun, er hat uns jedenfalls gebeten, Sie ausfindig zu machen.«

»Unfassbar«, murmelte Herr Grollmann, straffte die Schultern und schob einen Notizblock über den Tisch. »Schreibt mir die Adresse auf und dann bitte ich euch zu gehen.«

Verblüfft starrten sich die Freunde an, selbst Jette schien ein wenig aus der Fassung. »Aber interessiert es Sie nicht …«

»Nein«, knurrte der alte Mann. »Und ihr verschwindet jetzt besser. Sagt meinem Freund, dass ich ihn besuchen werde. Heute in fünfzehn Tagen.«

»Also in 21600 Minuten«, murmelte Ben. »Oder in 1 Million 296 Tausend Sekunden.«

Überrascht blickte der alte Herr auf. Er schien eine Minute zu überlegen, dann schlurfte er zum Regal und wühlte in einem Stapel mit Unterlagen. »Irgendwo hier muss es doch sein«, murmelte er, und während Flint noch die Adresse auf den Notizblock kritzelte, kramte Herr Grollmann in seinen Papieren.

»Ah«, sagte er plötzlich, und ein Lächeln spielte um seine Lippen. »Da ist es ja!«

In der Hand hielt er ein Schulheft. Es war ganz in Leder gebunden und glänzte. Mit steifen Fingern strich Herr Grollmann über den Einband, taxierte Ben mit scharfem Blick und überreichte ihm das Heft. »Gib das meinem Freund und sag ihm, dass ich komme. Und wehe, ihr guckt hinein, das geht euch nichts an!«

Mit diesen Worten setzte er seinen Besuch auch schon vor die Tür.

»Ein reizender Zeitgenosse«, empörte sich Charlotte.

Und auch Jette schüttelte den Kopf. »Der hat uns einfach rausgeworfen. Einen Moment lang hatte ich richtig Schiss.«

»Woher wusstest du überhaupt von Herrn Grollmann?«, fragte Flint, und Jette wurde rot. »Ich habe deine Tante gefragt, also, sie hat mir die Adresse gegeben.«

Ben stopfte das Heft in seinen Rucksack »Ein reichlich olles Ding. Aber Herr Schripp wird sich wahrscheinlich mächtig freuen.«

Doch Herr Schripp freute sich nicht.

Er war nämlich gar nicht zu Hause.

Eine halbe Stunde nach ihrem Besuch bei Herrn Grollmann standen Flint, Charlotte, Ben und Jette vor seiner Haustür und klingelten sich die Finger wund.

»Da werdet ihr kein Glück haben«, sagte Tante Claire, die sich, mit Tüten und Taschen behängt, in den Hausflur schob. »Herr Schripp hat sich vorhin von mir verabschiedet, er ging wohl auf eine längere Reise.«

»Eine längere Reise?«, fragte Ben erstaunt. »Gab es einen Notfall in der Familie oder etwas Unvorhergesehenes?«

Tante Claire zuckte die Schultern. »Den Eindruck hatte ich nicht. Nein, er wollte einfach in Urlaub fahren.« Sie griff wieder nach ihren Taschen und marschierte die Treppe hinauf.

Flint war völlig von den Socken. »Das gibt es doch gar nicht«, murmelte er. »Gestern klang alles noch furchtbar wichtig und heute ist er einfach … verreist?«

»Verflixt noch mal«, schimpfte Charlotte. »So ein Dreck, so eine dreifach verpisste Sauerei!«

»Wir sollten das nicht im Hausflur besprechen«, wisperte Ben. »Wir treffen uns in zwanzig Minuten bei Charlotte und mir.«

Jette räusperte sich. »Kann ich auch kommen?«, fragte sie und blickte betreten zu Boden. »Ich weiß, ich war gestern nicht sehr nett, aber …«

»Das ist doch längst vergessen«, sagte Ben und grinste.

»Also, ich hatte das noch nicht vergessen«, keifte Charlotte, als sie wenig später mit ihrem Cousin alleine in der Wohnung war. Wütend riss sie den Kühlschrank auf und suchte nach etwas Essbarem.

»Wie konntest du diese Zimtzicke einladen?«, fragte sie und knallte einen Teller mit Käse auf den Tisch.

»Ich finde sie eigentlich ganz nett«, sagte Ben. »Und sie hat sich auch auf den Weg zu Herrn Grollmann gemacht.«

»Ja«, zischte Charlotte. »Die Frage ist nur, warum?«

Dennoch saßen die ungleichen Gefährten kurze Zeit später friedlich um den Esstisch der Familie Stiefbusch und beratschlagten.

»Herr Schripp sucht einen alten Freund, mit dem ihn ein Geheimnis verbindet«, fasste Ben die Ereignisse zusammen. »Er bittet uns um Hilfe. Wir finden diesen Freund, doch Herr Schripp ist plötzlich verreist.«

»Vielleicht hat er sich selbst auf die Suche gemacht«, überlegte Charlotte.

»Unwahrscheinlich«, entgegnete Ben. »Er hatte ja nur den Namen. Aber selbst wenn er seinen Freund gefunden hätte, wäre er in die U-Bahn gestiegen und fünf Stationen gefahren. Und nicht gleich ein paar Wochen verreist.«

»Und wenn es mit diesem Geheimnis zusammenhängt?«, fragte Jette. »Worum ging es denn überhaupt?«

»Das wissen wir nicht«, sagte Charlotte leise.

Die Enttäuschung stand Jette ins Gesicht geschrieben. Eine Sekunde zu früh schob sie ihren Stuhl zurück und erhob sich.

In diesem Moment deutete Ben auf seinen Rucksack. »Wir haben immer noch das Heft, das vielleicht Licht ins Dunkel bringen kann. Aber wenn du gehen willst …«

»Das will sie«, sagte Charlotte schnell.

Rasch schüttelte Jette den Kopf und rutschte zurück auf ihren Stuhl.

Jetzt angelte Ben nach dem Heft, zog es aus seinem Rucksack und legte es auf den Tisch.

»Seht mal«, rief Flint verblüfft und deutete auf den Aufkleber. Einen weißen Aufkleber mit schwarzer Schrift. *Buch der seltsamen Wünsche* stand da. In krakeligen und etwas verwischten Buchstaben, aber immer noch deutlich lesbar.

»*Buch der seltsamen Wünsche?*«, wisperte Charlotte.

»Was ist das denn?«, fragte Ben.

Doch Flint griff bereits nach dem Heft und schlug vorsichtig den ledernen Deckel auf. Er räusperte sich, blickte kurz in die Runde, dann beugte er sich über den Text und begann zu lesen: »›*Willkommen im Buch der seltsamen Wünsche!*

Wünsche! Es gibt keine Formel, um sie zu berechnen. Kein Land, in dem sie wahr werden. Und kein Schulfach, das den Umgang mit ihnen lehrt. Es gibt nur dieses Buch mit seinen Regeln. Wenn man Seite für Seite umblättert und wahr macht, was seltsam erscheint, dann gehen sie in Erfüllung. Die verrücktesten und schönsten Wünsche. Am Ende auch deine eigenen, und das sind die wichtigsten. Du hast das Buch aufgeschlagen, nun hast du keine Wahl mehr. Beginne! Die Verfasser‹.«

»Ach, du grüne Neune!«, ächzte Charlotte.

»Ein ziemlich schräger Text«, meinte Ben.

»Und was machen wir jetzt?«, fragte Jette vorsichtig.

Flint zuckte mit den Schultern. »Wir schlagen das Buch zu und geben es Herrn Schripp, wenn er wieder da ist. Wir können es natürlich auch auf einen Rutsch durchlesen. Weil wir neugierig sind und mehr wissen wollen. Oder wir behalten das Buch, bis Herr Schripp zurück ist, und versuchen uns an dieser Regel. Schlagen nach und nach eine Seite auf und sehen, was passiert.«

Ben nickte erfreut, der Nachbarsjunge dachte analytisch und das gefiel ihm. »Wir sollten abstimmen«, sagte er leise. »Wer ist dafür, das Buch unbesehen zurückzugeben?«

Einhelliges Kopfschütteln.

»Okay. Wer ist für sofortiges Durchlesen?«

Jettes Hand schoss in die Höhe, doch sie war die Einzige.

»Und wer ist dafür, dass wir das Buch ganz im Sinne seiner Regel behandeln?«, fragte Ben, und nun hoben die anderen die Hand. Ben nickte, griff nach dem Heft und übergab es Flint. »Passt du darauf auf? Verwahre es gut und wirf keinen Blick hinein«, sagte er. »Können wir dir vertrauen?«

»Das könnt ihr, zu hundert Prozent«, erwiderte Flint feierlich. »Schließlich sind wir Freunde.«

Doch mit Freundschaften war das nicht so einfach. Sie mussten wachsen, sonst waren sie nichts wert. Und das ging nicht so hopplahopp, dafür brauchte man Zeit. Mit der Zeit kam dann das Vertrauen, fügte sich wie Klebstoff in die Ritzen, zwischen Ecken und Kanten und machte die ganze Sache fest und unverbrüchlich.

5. Ein geheimnisvolles Buch und jede Menge Wünsche

Die Stadt lag nachtmüde und halbdunkel vor ihr, als Jette Jetschmann mit dem Geigenkasten unter dem Arm durch die Straße hastete. Der morgendliche Wind riss an ihr wie ein wütender Hund, zerzauste ihre Haare und trieb ihr Tränen in die Augen. Jette zog den Kopf ein und beschleunigte ihren Schritt. Es waren nur noch ein paar Hundert Meter bis zum Hintereingang des Opernhauses.

»Grauenhafte Zeit, um Musik zu machen«, begrüßte Mister Marlow seine Schülerin und zwinkerte ihr zu. Mister Marlow war Engländer, spielte in der Oper die erste Geige und gab in den frühen Morgenstunden Violinunterricht. In einem kleinen gemütlichen Zimmer im Keller der Oper.

Jette liebte diesen Raum mit seinen Spiegeln und Wandkerzen, Notenständern und Partituren. Sie liebte die Tage, an denen sie morgens Geigenstunde hatte und langsam mit ihrer Musik aufwachen konnte. Und sie liebte die fauchenden Katzen von Mister Marlow, die wie die italienischen Komponisten Rossini, Bellini und Puccini hießen.

Mit zitternden Schwänzen saßen sie auf einer roten Samtcouch, lebten von Katzenfutter und Musik und schrien mit aufgestellten Nackenhaaren, wenn Jette aus Versehen einen falschen Ton spielte. »Fis, Cis und dann da capo«, erklärte Mister Marlow jetzt.

Jette nickte und jagte ihren Bogen über die Saiten. Die Töne quollen wie Zuckerwatte aus dem Bauch ihrer Geige, glitten wie hauchzarte Spinnweben durch die Luft und füllten den Raum. Doch heute war Jette mit den Gedanken woanders. Sie war beim *Buch der seltsamen Wünsche*. Von diesen komischen Dingern gab es sicherlich Hunderte in jedem Buchladen und sie trugen so einfache Titel wie *Schlank ohne Verzicht, Erfolgreich im Beruf* oder *Wie finde ich einen Mann?*. Aber immer waren sie auf ein bestimmtes Thema bezogen, nie versprachen sie das große, komplette Glück. Dieses seltsame Heft jedoch war anders. Zudem handgeschrieben und damit einzigartig. Sie brauchte dieses Buch, und zwar schnell.

Wenn sie es durchlesen wollte, dauerte das sicher nicht länger als fünf Minuten. Doch leider lag es in der Wohnung von Flint und der hütete es vermutlich wie seinen Augapfel.

Jette schnaufte vor Ärger, quietschend rutschte ihr

Bogen über die Saiten. Rossini, Bellini und Puccini sprangen auf und fauchten.

»Du bist müde, sollen wir die Stunde verschieben?«, fragte Mister Marlow. Jette zuckte ratlos mit den Schultern, dann ließ sie sich auf einen Stuhl fallen.

»Hier, trink das«, befahl Mister Marlow, »ein Rezept meiner Großmutter.« Er reichte Jette eine Tasse mit giftgrünem Tee, der nach Ingwer und alten Schuhen schmeckte. Der Tee brannte sich Jettes Hals hinunter wie ein Feuer speiender Drache, kleine Hitzewellen fuhren durch ihren Körper und vertrieben die Unsicherheit. Sie musste dieses Buch in die Finger kriegen, koste es, was es wolle. Hier lag etwas Großes, Unglaubliches vor ihr und sie brauchte nur zuzugreifen. Ein Buch, das Wünsche wahr machte, so etwas hatte es niemals zuvor gegeben. Sie konnte steinreich damit werden, berühmt und angesehen, ganz ohne ihre Musik, die Geige und die langen Stunden harter Übung.

Flint war an diesem Morgen ebenfalls früh aufgestanden. Er schulterte seine Badetasche und machte sich auf den Weg ins Westbad, zahlte drei Euro Eintritt, schlüpfte aus seinen Klamotten und sprang ins Wasser. Und während er fünfzig Bahnen kraulte, zügig und konzentriert, kreisten seine Gedanken einzig um das *Buch der seltsamen Wünsche*.

»Wünsche! Es gibt keine Formel, um sie zu berechnen. Kein Land, in dem sie wahr werden. Und kein Schulfach, das den Umgang mit ihnen lehrt.« Flint war, als würden ihm diese Zeilen tief aus dem Herzen sprechen, als hätte irgendjemand auf dieser Welt gewusst, was ihn bewegte. Es gab keine Formel, die Leben und Tod ungeschehen machte, kein Land, in dem er seine Eltern je wiedersehen würde. Wie gern hätte er sie nur einmal noch gesprochen, sich in die Arme seiner Mutter geworfen und das stolze Lachen seines Vaters gehört. Aber das war Unsinn. Und das konnte auch dieses Buch nicht wahr machen, an seinem größten Traum würde es scheitern: seine Eltern kennenzulernen, von denen er so gut wie gar nichts wusste. Flint pflügte durchs Wasser wie ein Schwimmer, der für Olympia trainierte. Seine Arme tauchten tief ein und die Beine schlugen einen gleichmäßigen Takt.

Warum aber war ihm das Buch dann so wichtig? Irgendetwas an der Einleitung hatte ihn berührt, zutiefst erreicht. »Wünsche!«, murmelte er und spuckte Wasser. »Es gibt keine Formel, um sie zu berechnen. Kein Land, in dem sie wahr werden. Kein Schulfach, das den Umgang mit ihnen lehrt.« Ja, so war es. Und diese knallharte Wahrheit hatten ihm alle vorenthalten. Seine Großeltern, als sie noch lebten, die Lehrer im Internat und selbst Tante Claire. Stets hatten sie ihm vorgegaukelt, dass schon alles gut werden würde, eines Tages, irgendwann. Wenn er vergessen würde, woran er sich sowieso kaum erinnerte. Natürlich meinten sie es gut, versuchten, ihm das Leben so angenehm wie möglich zu gestalten. Aber niemand sprach die Wahrheit aus, die hässliche, zutiefst traurige Wahrheit: dass man sich gewisse Sachen wünschen konnte, bis man tot umfiel. Ohne dass sie jemals, auch nur für fünf Sekunden, tatsächlich wahr wurden.

»Keine Formel, um sie zu berechnen, kein Land, in dem sie wahr werden«, murmelte er wieder, legte noch einen Zahn zu und erreichte nach fünfzig Bahnen den Beckenrand. Schnell stieg er aus dem Wasser, trocknete sich ab und zog sich rasch an. Dann lief er zurück in die Buttermelcherstraße. Vor der Schreinerei Schmidt blieb er stehen und starrte durchs Fenster. Endlich gab er sich einen Ruck und trat ein. »Ich brauche einen Kasten für ein Heft«, sagte er. »Mit vier Schlössern.«

»Ein merkwürdiger Wunsch«, sagte der Schreiner und lächelte. »Heute Mittag kannst du das Ding abholen. Wird ungefähr zwanzig Euro kosten.« Flint nickte und verabschiedete sich. Merkwürdige Wünsche waren selten kostenlos, das hatte er längst gelernt.

Ben war an diesem Morgen ebenfalls früh aufgestanden. Er schlenderte durchs Westend und steuerte dabei die nächste Buchhandlung an. Dort suchte er nach Veröffentlichungen im Bereich Mathematik. Er klemmte sich einige Bücher unter den Arm, schleppte sie zur nächsten Sitzecke, lümmelte sich in die Polster und schlug die Lektüre auf. Doch er war nicht bei der Sache. Immer wieder schweiften seine Gedanken zum *Buch der seltsamen Wünsche*. »Es gibt keine Formel, um sie zu berechnen.« Nein, die gab es nicht, leider.

Er hätte sie kurzerhand angewandt, um seine Probleme zu meistern, ein sorgenfreies Leben ohne Baby zu führen oder der Liebling seiner Eltern zu bleiben.

Eine Formel, ein interessanter Gedanke.

Ob der Autor vom *Buch der seltsamen Wünsche* Naturwissenschaftler, vielleicht sogar Mathematiker war? Dann bestand die Möglichkeit, dass Grollmann selbst der Verfasser war, und nun wurde es spannend.

Ben liebte es, Mathematikern auf ihren Rechenwegen zu folgen, aber noch nie hatte er einen von ihnen bei normalen, ganz alltäglichen Gedanken begleitet. Wenn ein Mathematiker dieses Buch geschrieben hatte, dann war es ein ganz besonderer Schatz, der Quell oder das Abfallprodukt höchster Intelligenz. Vielleicht hatte Herr Grollmann gerade deshalb Ben das Ding in die Hand gedrückt. Weil niemand außer ihm so deutlich erkennen konnte, welchen Wert das Buch hatte. Ben strahlte und straffte die Schultern.

Er verließ den Buchladen und trat zufrieden hinaus in den windigen Sommertag.

Charlotte stand an diesem Morgen erst spät auf. Ihre Eltern arbeiteten bereits und auch ihr Cousin war schon aus dem Haus, aber das kam ihr sehr gelegen. Schnell klemmte sie sich ans Telefon und rief ihre Freundinnen an. »Frühstück im Café Pringels?«, fragte sie. »Ich lade euch ein, es gibt Neuigkeiten.« Charlottes Freundinnen wohnten alle nicht weit, schließlich hatten die Stiefbuschs auch vor ihrem Umzug im Westend gelebt, genauer gesagt, schon immer.

Es war kurz vor elf, als sich Charlotte mit Lola, Emma und Agnes im Café Pringels traf. Das alte Café lag zwischen einem Waschsalon und dem Kopierladen. Hinter den schmutzigen Scheiben standen hölzerne Kinderwagen, Koffer, die mit bunten Schildern beklebt waren, und Nähmaschinen der Marke Singer. Ein Sarotti-Mohr winkte durchs Fenster und alte Telefone mit Drehscheiben warben um Aufmerksamkeit.

Im Café Pringels konnte man nämlich nicht nur Eis essen und Kaffee trinken, sondern auch die seltsamsten Sachen sehen und kaufen. Genau der richtige Ort für eine Verabredung mit guten Freundinnen. Hier drin würden sie mit den schrillen Klamotten und ihrem lauten Gekicher nicht auffallen.

Das Café Pringels war gut besucht und auch Charlottes Freundinnen waren schon da. Sie saßen an einem kleinen runden Tisch und quatschten. Überall standen Körbe mit Perlenketten und dann gab es noch eine alte Registrierkasse. Das Beste aber war der Apothekerschrank, der sich an der Wand entlangzog. In seinen Regalen stapelten sich Teetassen, Damenhüte und Schokolade. Und wenn man aufs Klo musste, trat man einfach durch eine Tür im Schrank hinaus in den Hof, wo die Toilettenhäuschen waren.

Charlotte eilte auf ihre Freundinnen zu. »Hey!«, kreischte sie, und die Mädchen fielen sich in die Arme.

»Du hast es am Telefon ja reichlich spannend gemacht«, wisperte Lola. Emma fragte, ob es einen Freund gebe, und Agnes wollte alles über die neuen Nachbarn wissen.

Als die Mädchen bestellt hatten, beugte sich Charlotte über den Tisch und erzählte lang und breit von den Erlebnissen der letzten Tage.

»Ein *Buch der seltsamen Wünsche*?«, fragte Lola entgeistert. »Wie cool ist das denn? Und was steht da so alles drin?«

Charlotte hatte natürlich keine Ahnung, nur an einen Satz konnte sie sich noch erinnern. »Du hast das Buch aufgeschlagen, nun hast du keine Wahl mehr.

Beginne!«, murmelte sie. Das war wie bei Kettenbriefen. Wenn man sie nicht beantwortete, drohte Unheil, Katzen starben, die Milch wurde sauer oder man schrieb im nächsten Test eine Fünf. Jetzt hatten sie das Buch aufgeschlagen und es gab kein Zurück mehr. Charlotte schüttelte sich vor wohliger Anspannung und die Freundinnen teilten ihre Aufregung.

»Du meine Güte«, krächzte Emma. »Ihr müsst dieses Buch durchmachen, ohne dass jemand von euch weiß, was genau auf euch zukommt?«

»Und ohne uns«, seufzte Agnes, und die Freundinnen nickten.

»Mein seltsamer Wunsch ist jedenfalls seit Jahren klar«, sagte Emma. »Ich möchte einen Kuss vom tollen Tom.«

Die Mädchen kreischten vor Freude, doch dann wurden sie ernst.

»Die ganze Geschichte ist ziemlich cool, Charlotte«, sagte Lola, »aber nimm dich vor dieser Jette in Acht. Die ist nicht koscher.«

»Und vor den Wünschen«, sagte Agnes. »Es gibt nämlich nichts Schlimmeres als Wünsche, die in Erfüllung gehen.«

»Noch habe ich ja keine Ahnung, worum es geht«, erwiderte Charlotte und versuchte, ihre Freundinnen zu beruhigen. »Aber ich halte euch auf dem Laufenden, versprochen!«

Sie nippte an ihrem Kakao und dachte an die Worte im *Buch der seltsamen Wünsche*: »Nun hast du keine Wahl mehr. Beginne!«

Und plötzlich hatte sie es furchtbar eilig, bezahlte und machte sich auf den Weg nach Hause. Ihr zur Zeit einziger und sicherlich brennendster Wunsch war, das Buch erneut aufzuschlagen. Um endlich zu sehen, wie es weiterging.

6. Der erste seltsame Wunsch

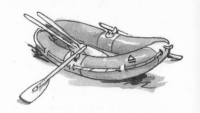

Das *Buch der seltsamen Wünsche* lag auf dem Tisch im Hinterhof, Flint, Charlotte, Ben und Jette saßen drum herum und schwiegen. Eine Windböe fuhr in das Buch, raschelte in den Blättern, und noch immer wagte keiner den entscheidenden Griff. Es war, als hätte das Besondere in ihrer Mitte für einen kurzen Moment die Herrschaft übernommen.

»Wer macht es?«, fragte Charlotte.

Langsam griff Jette nach dem Buch und öffnete es. Sie schlug es auf. »›Erster seltsamer Wunsch‹«, las sie, und ihre Stimme zitterte vor Aufregung. »›Morgens loszufahren und abends anzukommen, wobei der Hinweg einfacher sein sollte als der Rückweg.‹«

Jette schwieg und guckte verblüfft in die Runde. »Das war's. Dann gibt es noch zwei Einträge in verschiedenen Schriften: *i.K. 27. August* und *okay 17. Juli.*«

»Wie bitte?«, rief Charlotte, schnappte sich das Buch und überprüfte jedes Wort, jede noch so kleine Andeutung. Doch mehr Text gab es einfach nicht.

»Also, dieser Wunsch ist wirklich seltsam«, wisperte sie.

»Sehr sogar«, erwiderte Flint. »Aber wie sagt das Buch? ›Wenn man Seite für Seite umblättert und wahr macht, was seltsam erscheint, dann gehen sie in Erfüllung. Die verrücktesten und schönsten Wünsche. Am Ende auch deine eigenen, und das sind die wichtigsten.‹«

Ben nickte. »Dann sollten wir das in Angriff nehmen.«

»Aber wie?«, seufzte Charlotte. »Ich finde die Aufgabe gar nicht so einfach.«

Verblüfft starrten die ungleichen Freunde sie an, und langsam dämmerte ihnen, dass Charlotte recht hatte.

Sie konnten mit dem Fahrrad fahren, bergauf zum Beispiel. Dann aber war der Hinweg schwieriger als der Rückweg. Also mussten sie zuerst bergab fahren, aber wie sollte das gehen? Oder sie stiegen in den Zug nach Berlin, in einen ICE. Und nahmen für die Rückfahrt verschiedene Bummelzüge. Das jedoch sprengte ihre finanziellen Möglichkeiten und war zudem völlig unsinnig. Eine Wanderung schied aus, denn es hieß klar und deutlich »fahren«.

Und dann gab es noch diese Einträge mit Datum, auf die sich auch niemand einen Reim machen konnte. Ob sich schon jemand anders am Buch der Wünsche versucht hatte? Doch Ben winkte ab. »Das sehen wir spätestens auf Seite drei oder vier. Wenn sich eine Systematik erkennen lässt.«

»Okay«, sagte Flint. »Widmen wir uns also der Aufgabe. Morgens losfahren und abends ankommen, wobei der Rückweg schwieriger ...«

»Ich hab's«, murmelte Jette. »Eine Bootsfahrt auf einem Fluss. Vormittags treiben wir mit der Strömung und ...«

»... nachmittags rudern wir gegen sie zurück«, rief Ben. Er sprang auf, umarmte Jette, und Flint klopfte ihr auf die Schulter. Sogar Charlotte murmelte ein »Super!«. Und Jette wurde rot vor Freude. »Dann kann ich ja heute Nacht auf das Buch aufpassen«, sagte sie und lächelte.

»Natürlich, gerne«, erwiderte Flint. Er öffnete seinen Rucksack und zog einen flachen Holzkasten hervor. Öffnete ihn, legte das Buch hinein und verteilte vier Sicherheitsschlösser. »Was soll das denn?«, fragte Charlotte erstaunt.

»So ist das Buch der Wünsche sicher«, erklärte Flint. »Und wenn alle anwesend sind, können wir es öffnen.«

»Klasse Sache«, murmelte Ben, und Charlotte strahlte. Nur Jette biss sich auf die Lippen, um nicht vor Wut und Enttäuschung aufzuheulen.

»Wann starten wir?«, fragte sie mit gepresster Stimme.

»Gleich morgen«, sagte Charlotte. »Meine Eltern haben sicher noch ihr knatschrotes Schlauchboot aus den Siebzigern.«

»Dann fehlt nur noch der Fluss«, sagte Ben.

Flint schüttelte den Kopf. »Es gibt einen, nicht weit von hier. Er ist nicht besonders breit, aber für unsere Zwecke dürfte er genügen.«

Der Tag, an dem sie losfuhren, war ein Montag. Das Wetter am Fluss war genau wie das Wetter im Wetterbericht – warm und sonnig. Flint lutschte an seinem Zeigefinger und streckte ihn in den Wind. Nordnordwest, stellte er fest. Das war gut, es bedeutete Rückenwind.

Und obwohl Flint wusste, dass sie nur einen Tag lang unterwegs sein wollten, wurde die Sache plötzlich aufregend. Von manchen Reisen kamen die Leute erst Jahre später zurück. Oder überhaupt nicht. Er hatte vor Kurzem etwas von einem Jungen gelesen, den er ziemlich gut fand. Huckleberry Finn. Der wollte auch nur ein paar Tage mit seinem Floß verreisen und schipperte plötzlich den ganzen Mississippi hinunter. Bis in die Südstaaten, wo er jede Menge Ärger mit den Farmern bekam.

Flint kaute auf einem Grashalm herum und dachte an die bevorstehende Flussreise, Huckleberry Finn und den Mississippi. Und ein kleines bisschen an Charlotte.

Dann kam Jette und schließlich brauste das Auto der Stiefbuschs heran, und Herr Stiefbusch half, das Boot auszuladen. Die Jungs pumpten es auf, Jette krempelte ihre Hosenbeine hoch, stellte sich ins Wasser und blickte den Fluss hinunter.

Es sah schön aus, wie die Sonne silbern auf dem Wasser lag. Rechts und links vom Ufer standen große, helle Häuser. Mit Mauern, die direkt ins Wasser fielen. Der Fluss führte aus der Stadt hinaus und übers Land, das hatte Jette auf einer Karte gesehen. Er wurde auch breiter, vielleicht gab es dort hinten Strudel oder gar Wasserfälle. Sie griff nach dem Boot, zog es ein Stück ins Wasser und sprang hinein.

Es gab vier Paddel, aber sie schienen nicht sehr robust zu sein. So passten sie allerdings gut zu dem Boot. Das rote Ding sah nämlich so aus, als würde es die erste Welle nicht überleben.

»Hoffentlich geht das gut«, brummte Ben und stieg ins Boot.

»Einem geschenkten Gaul sieht man nicht ins Maul«, sagte Charlotte und kletterte hinterher.

Flint ging als Letzter an Bord. Mit einem Bein und

ganz vorsichtig, so als stiege er in eine Badewanne mit heißem Wasser. Das Boot war so prall mit Luft gefüllt, dass Flint dachte, es könnte jede Minute platzen, aber das passierte nicht.

Und auch sonst passierte überhaupt nichts. Das Boot lag im Fluss wie ein dickes Nilpferd beim Sonnenbaden und Charlotte musste mit einem Paddel nachhelfen.

»Überanstreng dich nicht«, sagte Flint und grinste. »Die Rückreise muss schwieriger werden.«

»Das wird sie mit Sicherheit«, erwiderte Charlotte und ruderte das Boot zur Flussmitte. Dort wurden sie von einer trägen Strömung ergriffen und gewannen an Fahrt, wurden langsam schneller und schneller.

Rechts und links zogen Häuser vorbei, die immer schöner und herrlicher wurden, je weiter sie aus der Stadt herauskamen. Riesige Villen und bunte Sommerhäuser zogen vorbei. Mit Balkonen, Verandas und wild blühenden Dachterrassen.

Ben übernahm das Kommando, setzte sich nach vorne an den Bug und korrigierte die Richtung, wich hier einem Stück Treibgut aus, dort einem abgebrochenen Ast und gab das Kommando. »Brücke voraus!«, schrie er. »Köpfe einziehen!« Und dann duckten sich alle, und die Fußgänger winkten vergnügt von der Brücke herunter – selten genug kam hier ein Boot vorbei.

Charlotte lehnte sich über den Bootsrand und blickte auf die Landschaft, die im Zeitlupentempo an ihnen vorüberzog. Die Häuser wurden nun weniger, Maisfelder tauchten auf und rauschten im Wind. Am Horizont schwebten Segelflieger und am schilfigen Ufer gackerten Sumpfhühner. Das Boot passierte die erste Biegung. Charlotte drehte sich um, aber die Häuser der Stadt waren schon verschwunden.

Dort, wo das Wasser aufhörte, begann der Himmel und andersherum. Der Fluss glänzte schwarz wie Teer in der Sonne, ein glühender Lavastrom, ein ellenlanges Band glitzernder Wassertropfen.

Dies war Charlottes erste richtige Reise, abgesehen von den Urlauben mit ihren Eltern an den Gardasee. Dort aßen sie eine Woche lang Gemüsesuppe und Eis, erzählten sich Geschichten und schwammen um die Wette. Und natürlich schliefen sie in einem Zelt. Wegen der Einsamkeit, wie ihre Eltern sagten, so ein Urlaub war das nämlich.

Charlotte schüttelte den Kopf und spuckte ins Wasser. Nein, diese Reise hier war ganz anders. Viel besser. Sie würde mit ihren Eltern reden müssen. Über den nächsten Sommer, die Gemüsesuppe und den Gardasee.

Nun übernahm sie das Kommando, während Ben nach hinten kletterte und mit den anderen Karten spielte. Jette war gut und gewann eine Runde nach der anderen. »Macht Spaß«, sagte sie. »Ein Tag ohne meine Geige.«

Überrascht blickte Ben auf. »Ach, du bist das, ich habe dich schon spielen gehört. Wie viele Stunden übst du denn am Tag?«

»Mindestens vier«, sagte Jette. »Was heute schwierig wird.«

»Aber wir haben Ferien«, sagte Flint. »Du musst doch auch einmal Pause machen.«

»Das funktioniert so nicht«, sagte Jette und seufzte. »Leider.«

Doch bevor noch jemand nachfragen konnte, wedelte Charlotte aufgeregt mit den Armen. »Problem backbord«, rief sie und deutete auf einige große, spitze Steine, die aus dem Wasser ragten. Wilde Strudel warfen blubbernde Schaumkronen, die Strömung nahm zu und das Boot wurde von links nach rechts geworfen.

»Die Paddel!«, rief Flint geistesgegenwärtig. »Rammt sie in den Grund!«

Jette stand auf und wollte nach einem Paddel greifen, als das Boot einen plötzlichen Schlenker machte. In Zeitlupe fiel sie über den Bootsrand und rutschte ins Wasser. Einfach so.

Die Besatzung grinste, Charlotte rief: »Frau über Bord!«, doch irgendetwas stimmte nicht. Jette tauchte unter, kam wieder hoch, tauchte wieder unter … »Verdammt, die kann nicht schwimmen!«, schrie Ben und blickte in wilder Panik um sich. Flint schlüpfte aus seiner Hose, doch da war Charlotte bereits im Wasser. Sie war einfach mit ihren Röcken reingesprungen und erreichte Jette in wenigen Zügen.

»Bleib ganz ruhig«, keuchte sie. »Ich hol dich schon raus.«

Dann griff sie unter Jettes Kinn, legte sich auf den Rücken und schwamm zurück zum Boot. Die Jungs zogen die beiden Mädchen an Bord.

»Bist du okay?«, fragte Charlotte.

Jette lag auf dem Boden des Schlauchboots und schnaufte. Mit geschlossenen Augen und wachsbleichem Gesicht. Endlich schlug sie die Augen auf und lächelte. »Das war echt nett«, sagte sie leise. »Und jetzt habe ich Hunger.«

Wenn man mit dem Boot unterwegs war, stieg man irgendwo aus. Das war schon immer so. Kolumbus konnte auch nicht einfach weiterfahren, nachdem er Amerika gesichtet hatte. Auch wenn das für alle Beteiligten besser gewesen wäre, aber das ist eine andere Geschichte. Kolumbus ist also in Amerika an Land gegangen, Marco Polo in China und die Reisenden mit dem roten Schlauchboot steuerten hinter der zweiten Flussbiegung das Ufer an.

Sie zogen ihr Boot an Land und blickten sich um. Weite Kiesstrände säumten den Fluss, dahinter lag jede Menge Wald.

»Was haltet ihr von einem Lagerfeuer?«, fragte Flint. »Dann trocknen eure Klamotten und Würstchen habe ich auch dabei.«

Die Mädchen jubelten und die Jungs verschwanden zwischen den Bäumen. Kurze Zeit später hatten sie genügend Holz gesammelt, die Mädchen ihre Klamotten gegen Badeanzüge getauscht und bald schon knisterte leise ein Feuer am Kiesstrand. Die Mädchen legten ihre nasse Kleidung auf die Steine dicht ans Feuer, Flint steckte die Würstchen auf Äste und hielt sie in die Flammen.

Jette erzählte, dass sie nie schwimmen gelernt, aber auch keine Angst vor dem Wasser habe, Charlotte berichtete von ihrem Silbernen Abzeichen bei der DLRG, Lebensrettung in Wassernotfällen.

Flint warf Charlotte begeisterte Blicke zu, schließlich schwamm er selbst, und wer hätte gedacht, dass ausgerechnet Charlotte …

Und Ben quatschte mit Jette, die er mit ihren nassen Haaren und stahlblauen Augen ausgesprochen hübsch und natürlich auch mutig fand. Ja, fast noch mutiger als hübsch, denn wie konnte man ein Boot besteigen, wenn jede Welle Gefahr bedeutete?

Jette strahlte, biss in ihr Würstchen und irgendwann ging sie zu Charlotte hinüber und umarmte sie. »Danke«, sagte sie leise. »Das war großartig.«

»Gern geschehen«, sagte Charlotte und grinste.

Das Lagerfeuer schlug hohe Funken, die Stimmung war fröhlich und ausgelassen.

»Was ist das nur mit dem *Buch der seltsamen Wünsche*?«, sagte Ben, nahm seine Brille ab und putzte sie mit dem Zipfel seines T-Shirts. »Ich finde es spannend und ich lerne euch kennen. Aber merkwürdig finde ich das Ganze trotzdem.«

Flint nickte. »Ja, ziemlich seltsam.«

»Ob das alles einen tieferen Sinn hat?«, überlegte Charlotte. »Vielleicht ist es ja ein großes Geheimnis, dem wir mit dem Buch auf die Spur kommen?«

Jette begann zu frösteln und zog ein Handtuch aus ihrem Rucksack. »Hat nicht Herr Schripp von einem Geheimnis gesprochen?«, fragte sie. »Was, wenn es darum ging? Um das *Buch der seltsamen Wünsche*?«

»Mensch, Meier!«, sagte Ben.

Flint starrte Löcher in die Luft.

Und Charlotte sagte gar nichts mehr.

In diesem Moment begann es zu regnen. Die Mädchen sammelten ihre Klamotten ein, Flint und Ben löschten das Feuer. Und dann sprinteten sie zurück zu ihrem Boot.

Der Rückweg war tatsächlich anstrengender als der Hinweg, und zwar um das Hundertfache.

Alle vier saßen an den Paddeln, kämpften gegen den Flusslauf, die Strömung und den Regen, bis sie schwitzten und keuchten.

»Paddel rechts, Paddel links, ich weiß nicht, wie«, rief Flint. »Aber wir müssen zusammenbleiben.«

Jette grinste. »Das sagt mein Vater auch immer. Ich übernehme das Kommando. Ich glaube, ich kann das.«

Und tatsächlich, sie konnte es. »Und rechts, danke, und links, danke, und wieder rechts …«, rief sie.

Und binnen weniger Minuten stachen Charlotte und Flint zeitgleich ins Wasser, dann Ben und Jette, im sauberen Takt der Dirigententochter.

Sie erreichten die Maisfelder, schipperten an den Wiesen entlang, kamen an die Biegung und sahen die ersten Häuser.

»O mein Gott«, seufzte Ben und fuhr sich mit der Hand über die Stirn.

Der Regen hatte nachgelassen, hier und da blitzten Sonnenstrahlen auf.

Jette war bereits heiser. »Ich kann nicht mehr«, röchelte sie.

Charlotte nickte und übernahm. »Und rechts, danke, und links, danke …«

Wenn sie sich gewundert hatte, warum Jette stets *danke* sagte, jetzt wurde es ihr klar. Weil dieses zusätzliche Wort den anderen Zeit gab, ihr Paddel hochzuziehen und erneut einzutauchen. Genauso gut hätte man *weiter* sagen können oder *schneller*. Charlotte schmunzelte und legte einen Zahn zu. »Und rechts, danke, und links …« Das war gut, richtig gut sogar. Und mit neuem Wohlgefallen schaufelte sie sich weiter durchs Wasser, bis ihre Hände Schwielen warfen.

»Mist, wir sind leck!«, brüllte Ben plötzlich, und tatsächlich, ein Loch im Boot ließ langsam sämtliche Luft entweichen, und, was noch schlimmer war, das Wasser drang auch ins Boot.

Flint schaufelte wie ein Blöder und die anderen ruderten wie Galeerensträflinge unter römischem Kommando, legten sich in die Riemen und gaben ihr Äußerstes. Der Schweiß rann in Bächen über ihre Gesichter, Schultern und Körper, aber endlich hatte die Mühe ein Ende, sie waren da.

Als sie ihren Ausgangspunkt erreichten, japsten sie vor Anstrengung, sprangen ans Ufer und fielen erschöpft ins Gras.

»Meine Arme«, jaulte Ben.

»Mein Rücken«, japste Flint.

»Ich bin einfach fertig«, sagte Jette.

Charlotte betrachtete schweigend die Schwielen an

ihren Händen, Hornhaut, die morgen sicher Blasen werfen würde.

»Wir sollten meinen Vater anrufen, damit er das Boot abholt«, sagte sie, doch Ben schüttelte den Kopf. »Ich glaube, das ist nicht mehr nötig.«

Das rote Schlauchboot sackte in sich zusammen, jegliche Luft wich aus seinen Poren, und wie ein kleiner Klumpen Wackelpudding trieb es auf dem Fluss davon.

7. Venedig, ein Café und andere magische Orte

Es war früh am nächsten Morgen. Flint, Charlotte, Ben und Jette saßen hinter dem Haus. Die Sonne leckte über Dächer und Schornsteine, kroch in die Hinterhöfe und kitzelte das kalte Fell der streunenden Katzen.

Jette öffnete die Kiste, griff nach dem Heft und reichte es Charlotte. »Du bist dran«, sagte sie.

Charlotte schlug das Heft auf, blickte in die Runde und begann zu lesen: »›Zweiter seltsamer Wunsch: Einen magischen Ort zu finden, wo fremde Dinge zur eigenen Erinnerung werden.‹« Und wiederum standen darunter zwei Einträge mit Datum.

Ben schüttelte den Kopf. »Ich habe in meinem ganzen Leben noch keinen magischen Ort gesehen.«

Verblüfft sah Charlotte auf. »Echt? Ich schon, Tausende.«

»Auch einen, wo fremde Dinge zur eigenen Erinnerung werden?«, fragte Jette und zog ihre Stirn in Falten. »Was könnte damit nur gemeint sein?«

»Ein Buchladen«, schlug Flint vor. »Verschiedene Bücher wecken bei jedem andere Erinnerungen.«

»Was ist denn an einem Buchladen magisch?«, fragte Ben. »In den Regalen herrscht eine klare Ordnung, die Bücher sind alphabetisch nach Autoren sortiert und die meisten Schwarten kosten ein Schweinegeld.«

Flint grinste. »Und wie wäre es mit Venedig? Das ist doch eine magische Stadt, heißt es.«

»Etwas weit entfernt«, sagte Jette. »Und was dort könnte zu meiner Erinnerung werden? Ich war noch nie da.«

Es wurde still im Hinterhof. Charlotte kaute an einer Haarsträhne, Ben putzte seine Brille, Jette und Flint starrten Löcher in die Luft.

»Ich hab's!«, schrie Charlotte aus heiterem Himmel und sprang auf. Sie verstaute das Buch im Kasten und diesen im Rucksack. Dann rannte sie durch das Haus auf die Straße hinaus. Verblüfft blickten sich die anderen an, grinsten und folgten ihr.

Wenige Minuten später standen sie vor dem Café Pringels. »Ein Café?«, fragte Ben irritiert.

»Einen Versuch ist es wert«, entgegnete Charlotte und stieß die Tür auf. Der Geruch nach frischem Kaffee begrüßte die morgendlichen Gäste, offenbar waren sie die Ersten.

Die Tische waren noch unbesetzt, aber die übervollen

Regale und Vitrinen, die Körbe mit Perlenketten, die Hutständer und Schaufensterpuppen vermittelten das Gefühl regen Lebens.

»Meine Güte, wie zauberhaft«, wisperte Jette. Offenbar war sie noch nie hier gewesen. Der Besitzer des Cafés kurbelte an der Registrierkasse, drückte an der Kaffeemaschine herum und verstaute ein paar modische Schuhe in dem letzten freien Fach des Apothekerschranks.

»Sucht ihr etwas Bestimmtes?«, fragte er und sah die vier freundlich an.

Charlotte nickte. »Erinnerungen«, sagte sie. »Wir suchen Erinnerungen.«

»Mein Laden ist voll davon«, sagte der Cafébesitzer und ein Lächeln huschte über sein Gesicht. »Hier findet ihr jede Art von Erinnerungen: bunte, verlorene, schöne und ungeliebte. Runde, quadratische, welche aus Holz oder aus Plastik. Wonach sucht ihr denn genau?«

»Eigentlich nach unseren eigenen«, sagte Flint leise.

Der Besitzer überlegte eine Sekunde, dann nickte er. »Die erkennt man am leichtesten. Ich bin mir sicher, ihr findet was, und wenn ihr Fragen habt ...« Dann wendete er sich wieder seiner Kaffeemaschine zu, die ersten Frühstücksgäste kamen und langsam füllte sich der Laden.

Währenddessen bummelten Charlotte, Flint, Jette und Ben an Vitrinen und Regalen vorbei, hoben hier ein Stück hoch und bestaunten dort etwas. Da gab es alte Schulranzen, Parfümflaschen und Keksdosen. Nähmaschinen, Mützen und Telefone. »So eines hatte meine Oma!«, rief Ben begeistert und griff nach einem schweren Gerät mit Wählscheibe und dickem Hörer. Minutenlang blieb er vor dem Ding stehen, drückte an der Gabel herum und hielt den Hörer ans Ohr.

Jette entdeckte ein altes Kinderbuch, das sie geliebt, aber verloren hatte, und Flint einen Teddybären, der ihn an Samson erinnerte, sein erstes und einziges Plüschtier. Charlotte griff nach einem schrillen lila Hut, der sie an Pferderennen denken ließ, an die Damen der englischen Gesellschaft und all die hübschen Dinge, die sie aus diversen Fernsehserien kannte.

»Und?«, fragte sie und drehte sich vor einem Spiegel.

»Der Ort ist tatsächlich irgendwie … magisch«, sagte Flint.

Ben grinste. »Wenn du damit unübersichtlich, chaotisch, einzigartig und absolut schräg meinst – ja!«

»Und Erinnerungen gibt es hier auch«, sagte Jette. »Fremde, die zu eigenen werden.«

»Dann ist die Aufgabe also gelöst?«, fragte Charlotte und jubelte. Schnell lief sie zur Theke und bestellte vier Tassen Kakao mit Ingwer und Sahne obendrauf. Den

Hut kaufte sie gleich auch noch dazu, nun hatte sich der Vormittag rundum gelohnt. Sie balancierte das Tablett mit den Tassen an den nächstbesten Tisch und die Freunde setzten sich.

»Ich würde auch sagen, die Aufgabe ist gelöst«, erklärte Ben. »Und Charlotte hat einen alten Hut gewonnen.«

»Na, gewonnen ist das falsche Wort«, erklärte Charlotte spitz. »Das Teil hat zehn Euro gekostet.«

»Ich muss mal«, sagte Jette plötzlich, und Charlotte deutete auf die Tür im Apothekerschrank.

Jette schluckte. »Das Klo ist im Schrank?«, fragte sie leise. Im Kopf überschlug sie in Windeseile, wie lange sie es ohne Toilette aushalten konnte.

»Nicht im Schrank«, erwiderte Charlotte. »Dahinter!«

Jette sprang auf und öffnete die Tür. »Ich glaube es nicht«, krähte sie, warf einen Blick hinaus ins Freie und auf den Hinterhof. Nein, kein Hinterhof, auf ein riesiges, verwildertes Stück Land. Mit jeder Menge Unkraut und Rosen.

»Das Klo ist da rechts«, sagte Charlotte und quetschte sich nun ebenfalls durch die Tür. Auch die Jungs kamen und warfen einen Blick nach draußen.

Und Flint fiel auf, wie merkwürdig das doch alles war. Sie befanden sich im Westend, in einer der am dichtesten besiedelten Gegenden der Stadt. Hier gab es so viel Beton, dass die Menschen kaum wussten, wohin sie ihre Kinder zum Spielen schicken sollten, ihre Wäsche auf den Balkonen trockneten und zum Grillen in weit entfernte Parks fuhren. Aber hier hinten standen weit und breit keine Häuser. Überall schoss Unkraut aus dem Boden, Blumen blühten und es gab sogar ein kleines Stückchen Wald.

Umständlich zog er den Stadtplan aus der Tasche, faltete ihn auf und legte ihn auf den Boden. Hier war das Café Pringels, in der Schnorrbeckstraße, und dahinter, ja, was kam dahinter? Eigentlich die Filippusstraße, aber die war wirklich ein ganzes Stück entfernt. Auf dem Plan gab es hinter dem Café Pringels nur ein graues Kästchen, das aussah wie eine unbebaute Gegend mit ein paar Fabrikhallen. Flint tippte mit dem Zeigefinger darauf.

»Vielleicht wurden die alten Gebäude irgendwann abgerissen und die Natur hat die Oberhand gewonnen«, sagte Ben. »Wäre nicht ungewöhnlich für vergessene Viertel in Großstädten.«

»Ich weiß nicht«, sagte Jette. »Es sieht völlig unberührt aus.«

»Lasst uns doch nachsehen«, schlug Charlotte vor. »Dort führt ein Weg durch das Dickicht.«

Und tatsächlich. In Schlangenlinien führte ein aus

Steinen gehauener Weg durch Büsche und Hecken, wilde Rosen und Apfelbäume. Schwärme von Stechmücken freuten sich über den unverhofften Besuch. Und die Dornen rissen Arme und Beine der Besucher auf, ratschten durch ihre Gesichter und hinterließen blutige Spuren.

»Ich will ja nichts Falsches sagen«, murmelte Charlotte. »Aber hier sieht es aus wie auf dem Foto in eurem Flur.«

Flint blieb so abrupt stehen, als hätte ihn der Blitz getroffen. »Ich denke, du kannst dich nicht erinnern, wo das war?«

»Das kann ich auch nicht«, erwiderte Charlotte leichthin. »Aber ich habe nachgedacht. Irgendwo muss ich den Garten gesehen haben, aber ich war in meinem ganzen Leben nur am Gardasee und im Westend. Das heißt, dass der Garten eigentlich nur am Gardasee …«

»… oder im Westend sein kann?«, murmelte Flint und kippte vor Überraschung fast aus den Latschen. Überall hatte er danach gesucht, Leute befragt, Grundbücher gewälzt, und nun behauptete Charlotte, der Garten könnte direkt vor seiner Nase liegen?

»Was tuscheln die denn die ganze Zeit?«, fragte Jette.

»Keine Ahnung«, sagte Ben und schlug nach einer Mücke. »Allzu weit sollten wir jedenfalls nicht mehr gehen. Verdammt ungemütlich hier.«

»Nur noch ein paar Meter!«, rief Flint. Plötzlich schien er schrecklich aufgeregt. Er griff nach einem alten Ast und schlug sich durch die Dornen wie ein Feldmarschall im Übungseinsatz.

Der Weg führte aus dem Dickicht hinaus auf eine wunderschöne Lichtung. Mit meterhohem Rasen, wildem Klee und … einem minzgrünen Swimmingpool. Ringsherum gab es schmiedeeiserne Gitter und Tore, die schief in den Angeln hingen. Und an der rechten Seite des Pools verrieten alte, verwitterte Steine, dass hier einst ein Haus gestanden haben musste, das aber inzwischen verfallen und verrottet war.

Flint bekam vor Aufregung fast keine Luft mehr.

Wie in Trance spazierte er durch die Reste des Hauses, berührte Stein um Stein und kletterte schließlich die alte Leiter in den Pool hinunter. Hier also hatte seine Mutter gewohnt, die Nachmittage verbracht und gebadet. Vermutlich war sie geschwommen, so wie er heute schwamm, schnell und wütend, ausdauernd und konzentriert. Er blickte in den Himmel. Dieses Stück Blau hatte sie gesehen, wenn sie sich auf den Rücken legte, beim Baden oder im hohen Gras, hier hatte sie die Wolken gezählt, Träume geschmiedet, vielleicht sogar schon an seinen Vater gedacht.

Es war unglaublich und Flint hätte weinen können vor Freude. Niemals in seinem Leben hatte er einen

Ort besucht, an dem sie auch gewesen war, und wenn, wusste er es nicht. Diesmal war es anders. Dieser Ort hier war besonders, der schönste und wichtigste, den er je entdeckt hatte. Es war sein magischer Ort. Wo Fremdes zur eigenen Erinnerung wurde.

Er lachte und die minzgrünen Wände des Pools warfen ein Echo zurück. Für einen kurzen Augenblick glaubte Flint, das Lachen seiner Mutter zu hören. Hier bei ihm, ganz dicht an seinem Ohr. Ein Gefühl, das er jahrelang vermisst hatte.

Flint schüttelte sich vor Freude.

»Kommt runter!«, rief er. »Es ist wunderschön hier!«

Wenig später lagen die Freunde auf den minzgrünen Fliesen des Pools, die ganz warm waren von der Sonne, und stützten die Köpfe auf ihre Hände.

»Es ist alles furchtbar lange her«, begann Flint zu erzählen. »Ich war damals noch sehr klein, vier Jahre alt. Meine Eltern waren auf eine Party eingeladen und ließen mich mit dem Babysitter zu Hause. Nachts kam ihr Auto von der Straße ab und …« Flint schluckte. »Ich habe meine Eltern nie wiedergesehen«, sagte er leise.

»Das ist ja schrecklich«, sagte Jette.

»Furchtbar«, murmelte Ben.

»Und Tante Claire?«, fragte Charlotte.

»Sie ist die Stiefschwester meines Vaters«, erklärte

Flint. »Damals lebte sie in den USA und hatte kaum Kontakt zu uns. Meine Mutter und mich kannte sie nur von Fotos. Nach dem Unfall kam sie jedenfalls sofort nach Deutschland, und seitdem lebe ich bei ihr, nun ja, in den Ferien.«

»Und dieser Pool hier?«, fragte Jette.

»Das Einzige, was ich von meiner Mutter habe, ist ein Bild vom Haus ihrer Eltern. Vom Haus und dem Garten. Einem Garten mit schmiedeeisernen Toren und einem minzgrünen Pool mitten darin.«

»Also ist dieser Pool das Planschbecken deiner Mutter?«, wisperte Jette. Langsam schien sie zu begreifen.

»Es sieht so aus«, sagte Flint, er war plötzlich furchtbar müde.

»Dann sollten wir ihn zu unserem Hauptquartier machen«, sagte Ben und grinste. »Es ist ein toller Ort, liegt ganz in unserer Nähe und hier sind wir völlig ungestört.«

»Hauptquartier?«, fragte Jette erstaunt. In ihrem Wortschatz gab es so seltene Wörter wie »Bogenspannung«, »Klangkörper« und »Tremolo«. Das Wort »Hauptquartier« gehörte definitiv nicht dazu. Dennoch war es ein schönes Wort. Es versprach Abenteuer und etwas ganz Neues.

Flint nickte begeistert.

Und Charlotte strahlte. Doch nicht allzu lange.

»Ein Hauptquartier mit einem Zugang durchs Café Pringels ist etwas unpraktisch«, gab sie zu bedenken. »Wenn das Café geschlossen hat, kommen wir weder rein noch raus.«

»Ach was«, sagte Jette. »Es wird ja wohl noch irgendeinen anderen Weg zu diesem Grundstück geben und den sollten wir schleunigst finden!« Mit diesen Worten stieg sie aus dem Pool wie eine Amazone auf Kriegspfad, energiegeladen und voller Tatendrang.

Am Nachmittag lud Tante Claire die vier Kinder zu Blaubeerpfannkuchen mit Sahne ein. Sie wollte alles erfahren, haarklein und aus erster Hand sozusagen.

Nach unzähligen Pfannkuchen und ellenlangen Berichten, die Charlotte schmückte wie einen Weihnachtsbaum, lehnte sich Tante Claire zurück, nippte an ihrem Kaffee und seufzte. »Dann hat die Suche also ein Ende und Flint hat endlich ein Zuhause, wie wunderbar!«

Jette verschluckte sich fast an ihrem Pfannkuchen. Ein Zuhause? Eine reichlich merkwürdige Beschreibung für die Reste einer Ruine und einen alten Swimmingpool.

Tante Claire blickte auf die Uhr und sprang auf. »Himmel, ich muss zur Arbeit!« Sie verdiente ihr Geld in einem Waschsalon gleich um die Ecke und hatte

Spätschicht. »Nehmt ihr mich in den nächsten Tagen mal mit zu dem Pool?«, bat sie.

Charlotte lachte. »Gerne, der Garten ist der Hammer!«

»Eine Oase«, murmelte Ben.

»Das Paradies«, flüsterte Flint. Nur Jette sagte nichts. Wahrscheinlich fiel ihr nichts Größeres mehr ein.

Tante Claire grinste, griff nach ihrer Tasche und rauschte zur Tür hinaus. Als ihre Schritte im Treppenhaus verhallt waren, griff Ben in seinen Rucksack und holte den Kasten heraus.

»Aufgabe gelöst, nächste Aufgabe«, murmelte er.

»Wow, wir machen ja ganz schön Tempo«, sagte Charlotte.

Dann zückte einer nach dem anderen seinen Schlüssel und öffnete das jeweilige Schloss.

Ben nahm das Heft heraus und schlug es auf. »Dritter seltsamer Wunsch‹«, las er und räusperte sich. »›Eine Nacht im Freien zu verbringen.‹« Darunter, wie gehabt, die seltsamen Kürzel und Daten.

»Das ist ausnahmsweise mal einfach«, sagte Charlotte. »Wir könnten im Swimmingpool übernachten.«

»Einfach?«, fragte Jette. »Und was sage ich meinen Eltern?«

»Dass du bei mir schläfst«, erklärte Charlotte und biss in den letzten Pfannkuchen. »Neue Freundin und so.«

»Und dann?«, fragte Jette leise. »Also … wir bleiben ja nicht zu Hause. Und deine Eltern werden uns kaum gehen lassen.«

»Och, die sind auf einer Party. Und gucken mit Sicherheit nicht in unsere Zimmer, wenn sie heimkommen.«

Jette schluckte. Eigentlich stand die Familie Jetschmann für lockere Erziehung, wichtige und gelebte Wünsche der Kinder und jede Menge Freiheiten, aber eine Nacht im Freien? Welche Eltern erlaubten das schon?

Unsicher blickte sie in die Runde. »Was ist mit dir, Flint?«

»Ich sage Tante Claire, dass ich im Pool übernachte«, erwiderte er. »Sie hat kein Problem damit, sie will einfach nur wissen, wo ich bin.«

Nun schluckte Jette wirklich. Verwirrt griff sie nach ihrer Tasche. »Na dann«, sagte sie leise und stand auf. »Einen schönen Tag noch. Und bis heute Abend.«

8. Eine Nacht im Pool

Manche Großstädte sind bunt und verschachtelt. Rom, Istanbul oder Paris zum Beispiel. In anderen wiederum ragen Türme in den Himmel und reißen oben beim lieben Gott den Himmel auf. So lange, bis ein paar Strahlen Sonne hinunter in Häuserschluchten und Straßenzeilen fallen. Dort unten hupen Autos, blasen Abgase in die Luft und färben die Fassaden der Häuser grau. So ist das in New York und auch in Schanghai.

Doch in nahezu allen Großstädten gibt es kleine verschwiegene Viertel, geheimnisvolle Ecken und unbekannte Höfe. Die stille Pracht bunter Blumen in alten Bauruinen, kleine Autowerkstätten in Hinterhöfen und verrottete Basketballkörbe auf verschlafenen Parkplätzen.

Die meisten Menschen eilen an diesen Besonderheiten vorbei, mit aufgestelltem Mantelkragen und dem Handy am Ohr. Auf dem Weg ins Büro, in die Schule, zum Fitnesscenter oder zur Flötenstunde.

Man muss schon genau hinsehen und den einen oder

anderen neugierigen Blick wagen, um einer Stadt ins Herz zu sehen – in ihr Innerstes, das verborgen hinter Hochglanzfassaden, Bürotürmen und Mietshäusern existiert. In jeder Stadt existiert.

Es war neun Uhr abends, als ein kleiner Trupp junger Leute, mit Schlafsäcken, Kerzen und Taschenlampen bewaffnet, in Richtung Filippusstraße marschierte. Von hier aus führte der Weg an einer Reihe von Mietskasernen vorbei. Durch Hinterhöfe mit Teppichstangen und Mülltonnen, Containern und achtlos weggeworfenem Unrat. Über einen leeren Parkplatz mit Basketballkörben und an einem verwitterten Bauzaun entlang, der vor einem großen Gebäude stand, das schon bessere Zeiten gesehen hatte. Soweit man sehen konnte, schien das eine alte, kleine Fabrik gewesen zu sein. Die Fassade war voller Ruß, hier hatte ein Feuer gewütet. Dunkel blickten die scheibenlosen Fenster ins Leere und Charlotte schüttelte sich.

»Weiter!«, zischte sie und legte einen Zahn zu, stieg auf Holzbrettern über lockeres Erdreich, bis sie zu einem Stacheldraht kam, der seit gestern ein Loch hatte.

Ein schönes großes Loch, gezwickt mit der Zange von Flints Taschenmesser, einem Schweizer Modell der Spitzenklasse.

Schnell schlüpften die Freunde durch den Stacheldraht und nun standen sie auf dem alten Grundstück, marschierten durchs Gebüsch und waren nach wenigen Metern am Pool. Gerade noch rechtzeitig, denn es wurde langsam dunkel. Der Mond schaukelte über den Apfelbäumen, spiegelte sich in den minzgrünen Kacheln des alten Schwimmbads und tauchte den seltsamen Ort in ein magisches Licht.

»Gespenstisch«, wisperte Charlotte und klapperte tatsächlich ein bisschen mit den Zähnen.

Jette kicherte und Flint stieg hinab in den Pool. Die Fliesen waren noch warm von der Sonne des Tages, ihr Minzgrün färbte sich dunkel und in den Fugen brachen sich der Mond und erste Sterne. Flint rollte seinen Schlafsack aus. Die anderen folgten, legten ihre Schlafsäcke in einen Kreis, zündeten Kerzen an und stellten sie in die Mitte. Dann setzten sie sich, zogen die Schuhe aus, kramten in ihren Rucksäcken und starrten in die Flammen.

»Ich bin echt happy über so tolle Ferien«, sagte Ben und griff nach seiner Wasserflasche. »Aber die Sache mit dem Buch ist seltsam, ich möchte das noch einmal betonen.«

»Jep«, sagte Flint und nickte. »Ich habe den Garten meiner Großeltern gefunden. Trotzdem … Die ganze Sache ist merkwürdig. Und zwar von Anfang an.«

»Und wenn das Geheimnis von Herrn Schripp tatsächlich das Buch betrifft?«, fragte Jette

»Ich habe darüber nachgedacht«, erwiderte Ben. »Aber dann wäre Herr Schripp nicht verreist. Er konnte sich ausrechnen oder zumindest hoffen, dass wir seinen Freund finden, und wenn es tatsächlich um das Buch ginge, hätte er abgewartet, bis wir es mitbringen. Deshalb würde ich die Frage anders formulieren: Was ist, wenn das Geheimnis mit uns zusammenhängt?«

»Mit uns?«, fragte Charlotte entgeistert und tippte sich gegen die Stirn. »Das ist ja völlig Banane. Was immer Schripp und Grollmann verbindet, mit uns hat das wirklich nichts zu tun.«

»Im Moment sind wir es, die das Buch haben«, erwiderte Ben und spielte mit dem heißen Wachs einer Kerze.

»Zum Glück«, sagte Jette. »Mit diesem Buch können wir das Geheimnis der Wünsche entschlüsseln. Wir haben einen riesigen Schatz in den Händen. Sofern es funktioniert.«

Im Gebüsch knackten Zweige, laut und durchdringend. Vögel flatterten auf.

»Ein Buch, das ein Geheimnis entschlüsselt?«, flüsterte jemand hinter einem der Apfelbäume.

»Ein Schatz. Es scheint um einen Schatz zu gehen«, flüsterte ein anderer. Dann wurde es still, die letzten

Vögel suchten nach Schlafplätzen und in dem kleinen Wäldchen kehrte Ruhe ein.

Auch die Nachtschwärmer im Pool schwiegen, lagen auf dem Rücken und blickten in den Sternenhimmel.

»Unglaublich, wie schön das hier ist«, wisperte Charlotte.

Flint nickte. »Für mich der schönste Platz auf der Welt. Siehst du diesen Stern dort? Er scheint direkt in den Pool.«

Charlotte gähnte. »Das ist der Polarstern. Ich glaube, er scheint überallhin.«

Flint lachte leise. Ben schnarchte schon und auch Jette hatte die Augen geschlossen und atmete tief.

»Na dann, gute Nacht«, flüsterte Charlotte. »Und träum was Schönes.«

»Das werde ich«, sagte Flint. »Gute Nacht!«

Charlotte löschte die Kerzen, drehte sich auf den Bauch und war sofort eingeschlafen.

Die Nacht senkte sich mit feuchtem Nebel über die Stadt, über die kleinen Gärten, versteckten Plätze, Hinterhöfe und natürlich auch über den Swimmingpool. Weiß waberte die Luft durch das minzgrüne Becken, und nur verschwommen waren ein paar Schatten zu erkennen, die langsam, ganz langsam in das Becken hinunterstiegen.

Schattenwesen, dachte Jette, so stellte sie sich Schattenwesen vor. Durchsichtige Gestalten, die bei Nacht und Nebel aus der Kanalisation kamen, um sich in die Träume der Schlafenden zu drängen. Mit stinkendem Pesthauch alles Schöne erstickten und die Menschen traurig machten. Jette schüttelte den Kopf und versuchte, den Traum zu verdrängen, als plötzlich jede Menge Adrenalin durch ihren Körper schoss.

Verflixt, das war kein Traum, die Kerle waren echt! Es waren vier, und sie bewegten sich katzenhaft leise durch den Pool, schlichen wie auf Samtpfoten über die Kacheln. Jette atmete langsam ein und wieder aus, jetzt nur nicht aufregen, denn dann würde sie einen Fehler machen. Ihr Herz pumpte so gewaltig wie ein Blasebalg und sie hatte Gänsehaut. Aber nicht so eine kleine, niedliche. Sondern eine richtig fette, die ihre Haut verschrumpeln ließ wie bei einem nackten Suppenhuhn.

Die Typen knipsten eine Taschenlampe an und leuchteten über die Kacheln, der Lichtstrahl glitt von hier nach dort wie die Lampen eines Grenzübergangs oder die Suchscheinwerfer auf einer Gefängnisinsel.

Jette machte sich platt wie eine Flunder, schloss die Augen und verharrte bewegungslos. Dann zog sie den Reißverschluss ihres Schlafsacks auf. Vorsichtig, ganz vorsichtig angelte sie mit den Füßen nach ihren Turnschuhen und zog sie so nah wie möglich heran.

Nun rutschte das Licht über die Schlafenden, wanderte über Schlafsäcke, Taschen und Schuhe und weiter zur hinteren Wand des Pools. Die Jungs untersuchten Kachel für Kachel.

»Hier ist nichts«, zischte einer plötzlich und schaltete die Taschenlampe aus.

»Wir sollten abhauen, Schatz hin oder her«, wisperte ein Zweiter, winkte seinen Leuten, und die lichtscheuen Gestalten zogen sich im Nebel zurück, kletterten die Leiter hinauf und verschwanden.

»Ein Schatz?«, murmelte Jette verblüfft. Vorsichtig pellte sie sich aus ihrem Schlafsack, schlüpfte hastig in ihre Schuhe und eilte den seltsamen Gestalten hinterher.

Das war natürlich ziemlich gewagt, doch Jette dachte nicht eine Sekunde darüber nach. Wer in ein Boot stieg, ohne schwimmen zu können, hatte auch kein Problem mit ein paar Kindern oder Jugendlichen bei Nacht.

Die vier Kerle waren schon fast im Wald verschwunden, huschten gerade den Pfad in Richtung Filippusstraße hinunter, als Jette sie vor sich sah. Vorsichtig nahm sie die Verfolgung auf, achtete auf jeden ihrer Schritte und blieb so nah wie möglich dran. Es ging durch den Wald, den Stacheldraht, am Bauzaun entlang und weiter über den Parkplatz, an Müllhäuschen und Teppichstangen vorbei. Vor den Mietshäusern blieben die Jungs stehen, beratschlagten kurz und klopften sich auf die Schultern. Drei von ihnen liefen weiter, nur einer trat in das dämmrige Licht der Hofbeleuchtung und zückte einen Schlüssel, sperrte die Haustür auf und verschwand. Vorsichtig schlich Jette näher, warf einen Blick auf die Hausnummer und die Namen auf den Klingelschildern. Ach du Schreck, das waren ja mindestens zwanzig. Ob sie einen Fehler gemacht hatte? Vielleicht hätte sie lieber die anderen verfolgen sollen? Wie dumm, diese Chance war nun vertan.

Jette trat einen Schritt zurück und blickte die Hauswand hinauf. Da! Im fünften Stock ging Licht an, Vorhänge wurden zugezogen und jemand marschierte durchs Zimmer. Es dauerte genau zwei Sekunden, bis Jette die Namen der Bewohner im fünften Stock notiert hatte. Mit Kugelschreiber auf ihrem Arm. Dann schlüpfte sie zurück über den Hinterhof und den Parkplatz, am Bauzaun entlang und durch den Stacheldraht, sie war in Sicherheit. Doch nun kam die Angst wie ein Dampfhammer. So geballt und heftig, dass Jette fast keine Luft mehr bekam. Nach jedem Schritt blieb sie stehen, lauschte und drehte sich um. Da war niemand. Und genau das raubte ihr den Atem. Es war mitten in der Nacht und sie war allein auf irgendeinem merkwürdigen Grundstück. Schnell legte sie einen Zahn zu und stolperte zurück zum Pool. Dort setzte sie sich aufatmend an den Rand des Schwimmbeckens und verschnaufte.

Du lieber Himmel, wo war sie da nur hineingeraten? Erst die Sache mit Schripp, dann das seltsame Buch, und nun tauchten auch noch diese Typen auf und faselten etwas von einem Schatz. Vergessen waren Mozart, Brahms und Beethoven, die frühen Geigenstunden bei Mister Marlow und die Aussicht auf eine Solokarriere. Hier ging es um Wichtigeres, um Dinge, die Jette nie in ihrem Leben für möglich gehalten hätte. Für einen kurzen Augenblick dachte sie an ihren ursprünglichen Plan, das Buch zu klauen. Es einfach alleine durchzulesen und allen eins auszuwischen, besonders Charlotte. Aber ausgerechnet Charlotte hatte sie aus dem Wasser gezogen, Ben behandelte sie äußerst zuvorkommend, und Flint hatte seine gesamte Familiengeschichte vor ihr ausgebreitet, ohne auch nur mit der Wimper zu zucken.

Jette warf einen Blick auf ihre Mitstreiter im Pool, einen neuen und ganz anderen Blick. Zum ersten Mal seit Langem hatte sie Freunde. Freunde, die ihr zuhörten, aber auch klar sagten, wenn sie anderer Meinung waren. Und sie hatten eine Aufgabe, eine gemeinsame Aufgabe. »Vergiss deinen Plan, Jette Jetschmann«, murmelte sie, sprang in den Pool und weckte die anderen.

»Verdreckter Hühnermist«, krächzte Charlotte. »Die waren hier unten? Und du hast sie beobachtet?«

»Wie viele waren es, woher kamen sie und was wollten sie?«, fragte Ben, selbst im Halbschlaf funktionierte sein Gehirn einwandfrei.

»Es waren vier und sie suchten einen Schatz«, sagte Jette.

»Einen Schatz?«, fragte Flint verblüfft. »Bist du sicher?«

Jette nickte. »Deshalb habe ich sie ja verfolgt«, sagte sie leise.

»Du hast was?« Nun war auch Ben hellwach und pellte sich in Sekundenschnelle aus dem Schlafsack.

»Ich bin ihnen nachgegangen. Bis zu den Häusern in der Filippusstraße«, sagte Jette, und dann erzählte sie. Lang und breit, ohne einmal zu schlucken oder den Faden zu verlieren. »Einer von ihnen wohnt in der Filippusstraße 33«, sagte sie. »Im fünften Stock.« Sie schielte auf das Gekritzel auf ihrem Arm. »Müller, Sonthofen, Midgard, so heißen die Familien, die dort wohnen.«

»Wow«, sagte Ben.

»Super gemacht!«, wisperte Flint.

»Midgard?«, fragte Charlotte erstaunt und schwieg.

Biss auf ihrer Unterlippe herum und wagte kein einziges Wort. Sie kannte einen Midgard. Tom Midgard. Den tollen Tom, wie ihre Freundin Emma ihn nannte. Der trieb sich mit den Jungs aus der Schleiersiedlung herum, einem Genossenschaftsbau am Rand des Viertels. »Kann sein, dass ich die Kerle kenne«, sagte Charlotte. »Ich höre mich morgen mal ein bisschen um.«

»Gut«, murmelte Flint. »Dann sollten wir versuchen zu schlafen. Ich halte Wache, nach zwei Stunden macht Ben weiter.«

Ben nickte, die Freunde schlüpften in ihre Schlafsäcke und trotz aller Aufregung fielen sie schnell in einen tiefen und gut bewachten Schlaf.

Flint stieg aus dem Becken, umrundete Schritt für Schritt das Areal und hielt die Augen offen.

»Ein Schatz?«, murmelte er vor sich hin und schüttelte den Kopf. Das wurde ja immer besser! Nicht genug damit, dass er endlich den Garten seiner Großeltern gefunden hatte, nun lag hier auch noch ein verborgenes Geheimnis begraben. Diebesgut, seltene Metalle, ein vergessener Lottoschein, wer wusste das schon. Er setzte sich an den Rand des Schwimmbeckens und ließ die Beine baumeln. Starrte in den Himmel und wunderte sich, wie spannend sein Leben plötzlich geworden war.

9. Wie verschwendet man Zeit?

Der vierte seltsame Wunsch war der ungewöhnlichste – zumindest bisher. Er war so ungewöhnlich, dass selbst Charlotte keine schnelle Antwort fand, und das wollte etwas heißen.

Die Freunde sollten Zeit verschwenden. Das war an und für sich kein großes Problem, Zeit verschwendeten sie alle. Vor dem Fernseher, beim Surfen im Internet, in der Schule und, und, und. Die Liste war so lang wie eine Rolle Klopapier.

Aber Zeit so zu verschwenden, dass man sie sparte?

Ein Ding der Unmöglichkeit, doch genau das forderte der nächste Wunsch. »Ich kann es noch einmal vorlesen«, sagte Flint. »Vierter Wunsch: Zeit so zu verschwenden, dass man sie spart.‹«

Und wieder waren alle still. Lange Zeit sehr still.

»Mathematisch unmöglich«, sagte Ben. Dennoch blitzten seine Augen hinter den Brillengläsern. Es schien der erste Wunsch zu sein, der ihm wirklich zusagte.

»Wir legen uns schlafen«, schlug Jette vor. »Verschwenden den herrlichen Sommertag, aber gewinnen Lebenszeit, weil wir uns ausruhen.«

»Also, ich weiß nicht«, sagte Charlotte.

»Ein bisschen weit hergeholt«, meinte Flint.

»Es geht um Zeit als festen Parameter«, sagte Ben. »Und um unsere persönliche Wahrnehmung.«

»Und was heißt das?«, fragte Charlotte verblüfft, und Jette kicherte.

Doch Ben war nicht aufzuhalten. »Stellt euch einen Zug vor, den ICE von Hamburg nach München. Ich will Zeit verschwenden und nehme den Regionalzug, der viel länger braucht. Nun hat der ICE eine Panne, bleibt liegen und ich komme dadurch mit meinem langsamen Zug früher an. Ich habe Zeit gespart, obwohl ich sie verschwenden wollte. Mathematisch gesehen wäre das ...«

»Ich hab's verstanden«, sagte Charlotte schnell.

»Ich auch«, sagte Jette und klopfte Ben auf die Schulter. »Und wie machen wir das in echt? Also, ohne Zug zu fahren und irgendwo auf eine Panne zu hoffen?«

Da war guter Rat teuer.

Denn auch Ben hatte nicht die leiseste Ahnung.

Außerdem waren alle noch recht müde von der letzten Nacht und wollten gerne noch eine Runde schlafen. Also beauftragten sie Ben, den vierten Wunsch zu bearbeiten und eine Lösung zu finden, die machbar, nicht zu teuer und irgendwie auch sinnvoll war.

Ben grinste. »Ihr habt es nicht verstanden«, murmelte er. »Dieser Wunsch ist nicht sinnvoll. Er ist das Gegenteil.« Er blickte in die Runde und zog sich zurück, auch er hatte eine Mütze Schlaf nötig nach dieser Nacht und jede Menge, worüber er nachdenken musste.

Als sich die Freunde zur Mittagszeit wieder trafen, hatte Ben einen Vorschlag. »Entscheidend ist nicht, was wir tun, sondern wie wir es tun. Wir könnten zum Beispiel alles ganz langsam machen. Langsam gehen, langsam essen, nicht auf die Uhr gucken …«

»Und wie sparen wir dabei Zeit?«, fragte Flint.

»Das weiß ich noch nicht«, erwiderte Ben. »Wir beginnen einfach mit dem Verschwenden, das ist immerhin ein Anfang.«

Wenig später schlenderten die Freunde durch die Stadt und ließen sich von der Menge treiben. Blickten in Schaufenster. Lasen Kinoplakate und Werbetexte, guckten in Kinderwagen und streichelten Hunde, die vor Supermärkten angeleint waren.

Dass ihnen vier Jungs folgten, bemerkten sie nicht. Die schlichen nämlich genauso langsam hinter ihnen her, drückten sich in Ecken und Hauseingänge und versuchten, unentdeckt zu bleiben. Was ihnen auch gelang.

»Können wir vielleicht einen Bus nehmen?«, fragte Charlotte und steuerte auf den Busbahnhof zu. »Mir tun langsam die Füße weh.«

Sie stiegen in den ersten Bus, der zur Abfahrt bereitstand, und lösten die Tickets. »Zur Endstation«, sagte Ben, der Busfahrer leierte die Karten aus dem Automaten und die Freunde suchten sich einen Platz.

Die Verfolger drückten sich um den Bus herum, lasen die Fahrpläne und nickten. »Ich weiß, wo es langgeht«, zischte ihr Anführer. »Wir nehmen die S-Bahn, das geht schneller.«

Endlich fuhr der Bus los, schlängelte sich durch den Verkehr, zuckelte durch Reihenhaussiedlungen und verließ die Stadt, streifte Vororte und fuhr hinaus aufs Land. Irgendwann rief der Fahrer: »Krawinkel, Endstation.«

Die Freunde purzelten ins Freie und standen vor einem marineblauen See. Dem Krawinkler See. Er war ziemlich groß, an seinen Ufern wohnten die alteingesessenen Bürger von Krawinkel und die Reichen aus der Stadt, kleine Fischersleute und große Schauspieler. Natürlich auch große Fischersleute und kleine Schauspieler und jeder andere, der es sich leisten konnte.

Die Freunde bummelten an der Uferpromenade entlang, aßen Eis und hielten die Füße ins Wasser. Blickten in die Sonne und genossen den Tag.

»Der dort drüben sieht aus wie Tom Midgard«, sagte Charlotte plötzlich und zuckte zusammen. Sie hatte doch tatsächlich vergessen, ihre Freundin Emma anzurufen und sich nach den Aktivitäten vom tollen Tom zu erkundigen. Sie warf einen zweiten Blick in die Menge, doch nun war der Kerl verschwunden. Vielleicht hatte sie sich ja getäuscht.

»Eine Schiffsfahrt über den See?«, rief ein Mann in einem kleinen weißen Kiosk und winkte Touristen herbei.

»Das wäre eine wunderbare Zeitverschwendung«, meinte Jette. Ben grinste, lief zum Kiosk und zückte sein Portemonnaie. »Vier Mal, bitte«, sagte er, und wenige Minuten später saßen er und seine Freunde auf dem Dampfer, inmitten alter Damen und Herren, die Kaffee tranken, Kuchen aßen und gespannt beobachteten, wie das Schiff endlich ablegte.

»Willkommen an Bord«, sagte der Kapitän durch unzählige Lautsprecher, die schrill klirrten. »Wir fahren Sie jetzt über den Krawinkler See. Auf der linken Seite sehen Sie …« Das Klirren wurde lauter, die Lautsprecher knackten und der Kapitän verstummte.

Charlotte grinste, stand auf und nahm den Faden des Kapitäns mühelos auf. »Meine Damen und Herren«, rief sie, »auf der linken Seite sehen Sie ein altes Schloss aus der Zeit von Maria Theresia. Lange Zeit bewohnt von … äh, Anastasia Zuckwurm, einer feinen Dame der Gesellschaft. Das Schloss wurde zerstört und im Stil der italienischen Renaissance wieder aufgebaut.«

Jette kicherte und Ben wurde rot vor Scham. Flint grinste und zwinkerte Charlotte zu.

»Anastasia Zuckwurm?«, fragte er verblüfft

»Eine unglaubliche Frau!«, rief Charlotte. Die alten Herrschaften rückten näher und Flint hing an ihren Lippen wie ein Schmetterling am Tautropfen.

»Sie brannte Schnaps und ernährte sich ausschließlich von Fischen aus diesem See. Von Saiblingen, Rotaugen und Renken.«

Ein Kassierer kam vorbei und kontrollierte die Tickets.

»Was für Fische gibt es in diesem See?«, fragte eine ältere Dame ihn leise, sie schien der jungen Fremdenführerin nicht ganz zu trauen.

»Saiblinge, Rotaugen und Renken«, wisperte der Mann zurück. Die alte Dame nickte beeindruckt und die stürmische Reiseleiterin hatte nun ihre ungeteilte Aufmerksamkeit.

»Sehen Sie dieses Haus hinter den Bäumen?«, rief Charlotte. »Das gehörte einem großartigen Schauspieler, Frank Donatelli. Er sammelte hier am See Muscheln. Große Teichmuscheln, *Anodonta cygnea.* Und Flussmuscheln, *Unio crassus.*«

»Ich habe noch nie von diesem Mann gehört«, rief ein älterer Herr in Anzug und Krawatte. »Lebt er noch?«

Bedauernd schüttelte Charlotte den Kopf. »Leider hat er sich an einer *Anodonta cygnea* verschluckt, an einer besonders großen. Drei Tage lag er tot in seinem Haus, bevor ihn der Nachbar fand. Ein Fischer aus dem Dorf, der diese Geschichte später an verschiedene Zeitschriften verkaufte. Traurig, traurig.«

Die Freunde hatten Mühe, sich das Lachen zu verkneifen, doch die Passagiere waren begeistert. »Und an diesem Steg dort legen wir an?«, fragten sie. »Wie heißt dieser Ort?«

Bereitwillig gab Charlotte Auskunft. »Der Steg wurde ursprünglich für Hochzeitsboote gebaut. Die jungen Paare heirateten auf dem See, tranken Bier aus Eichenfässern und gingen in Krasemuck an Land«, sie deutete auf die kleine Ortschaft. »Krasemuck kennt man. Hier lebte Professor Barnard, der erste Arzt, der Herztransplantationen durchführte ...«

In diesem Moment klirrte es in den Lautsprechern und jetzt stellte der Kapitän den Ort vor: ein kleines Fleckchen mit dem Namen Nieritz, schön, aber unbedeutend. Die Hochzeiten erwähnte er nicht und auch Professor Barnard ließ er gänzlich unter den Tisch fallen.

»Schade eigentlich«, murmelte Charlotte.

»Vielleicht sollten wir aussteigen«, sagte Jette und warf einen Blick in die Runde wütender Gesichter. »Bevor sie uns steinigen oder das Deck schrubben lassen.«

Also verließen die Freunde in Nieritz das Schiff. Langsam schlenderten sie über den Steg, als sie von einem Mann angesprochen wurden, der ebenfalls vom Schiff kam. »Eine gewaltige Fantasie«, sagte der Mann. Er schob ein altes Klapprad, Marke Herkules, neben sich her. »Und eine sehr schöne Führung. Es ist selten, dass man junge Leute trifft, die mit einem Dampfer fahren, sich so langsam bewegen und keine Eile haben. Irgendetwas scheint merkwürdig an euch.«

»Das liegt an der Aufgabe, die wir lösen wollen«, sagte Jette und missachtete die schrägen Blicke der anderen.

»Und worum geht es?«, fragte der Passagier mit dem Fahrrad.

»Um Zeit«, sagte Ben. »Verlorene, verschwendete. All so was.«

Der Mann nickte und lächelte immer noch. »Seht ihr das alte Kloster dort vorne? Ich würde euch gern etwas zeigen.« Wie sich herausstellte, war der Mann der Pfarrer von Nieritz. Sonntags stand er in seiner kleinen Kirche und predigte, an den restlichen Tagen aber beschäftigte er sich am liebsten mit der Bibliothek im Kloster. »Ich habe da vielleicht etwas für euch«, sagte er, zog ein riesiges Schlüsselbund aus seiner Tasche und öffnete die Tür zur Bibliothek. Verteilt im Raum standen lange Regale, in denen Hunderte von Büchern schlummerten. Durch hohe Fenster fiel strahlendes Sonnenlicht, ein paar Fliegen brummten, ansonsten war alles ruhig. Zielsicher marschierte der Pfarrer zu einer Reihe von Büchern.

»Marcel Proust«, sagte er und tippte ans Regal. »*Auf der Suche nach der verlorenen Zeit.* Ein äußerst umfassendes Werk.«

Die Freunde blätterten sich ein wenig durch die Geschichte, aber sie war kompliziert geschrieben und so lang wie Rapunzels Zopf.

Plötzlich schrie Charlotte auf. »Da draußen, der tolle Tom! Hab ich mich also nicht getäuscht! Verflixter Mist!«

Vier Jungs stapften durch die Klosterbeete und der Pfarrer schüttelte betrübt den Kopf. »Der schöne Salat, das geht doch nicht!«

Aber an den Salat dachten die Kerle offenbar keine Sekunde. Sie blickten von links nach rechts und sprangen hinter die nächste Mauer.

»Sind die euch auf den Fersen?«, fragte der Pfarrer.

Charlotte nickte, als es auch schon an der Tür klopfte.

Schnell schob der Pfarrer seine Gäste durch eine Hintertür ins Freie. »Ich wimmle sie ab. Geht doch runter an den See. Bei Lokermann bekommt man hervorragenden Fisch in Zeitungspapier. Ich komme nach.«

Das ließen sich die Freunde nicht zweimal sagen. Sie schlenderten zum See hinunter und bummelten über die Uferpromenade, wo ein Bootshäuschen am anderen stand. Die Fischer saßen vor ihren Hütten, flickten Netze, verkauften Fisch oder tranken Schnaps und stritten miteinander. Die Fischerboote schaukelten träge im Wasser, ihre tägliche Arbeit war längst getan und nun wurden sie an Touristen vermietet. Über einer rot angestrichenen Hütte stand »Lokermanns Fisch«.

»Wir möchten vier Stück«, sagte Ben. »In Zeitungspapier.« Der alte Mann grinste und zeigte dabei eine Reihe unvollständiger Zähne. »Na, dann kommt mal mit«, knurrte er und schob die Kinder am Bootshaus vorbei bis zu einem schmalen Steg hinter der Hütte. Dort standen ein Tisch und Stühle, glucksend schlug das Wasser von unten gegen Holz und die Gäste hatten freien Blick über den ganzen See. Das Beste aber war: Niemand konnte sie sehen, weil sie direkt hinter dem Bootshaus saßen.

»Bitte Platz zu nehmen«, sagte der Mann, öffnete ungefragt vier Flaschen Limonade und drückte jedem seiner Gäste einen Fisch in die Hand. Geräucherten

Saibling in Zeitungspapier. Sie wickelten ihre Fische aus, entgräteten sie und aßen mit den Fingern.

»Dann war dein Verdacht also richtig«, sagte Flint. »Dieser Tom war mit seinen Jungs am Swimmingpool und verfolgt uns.«

»Aber warum?«, fragte Charlotte.

»Ich habe es euch doch erklärt«, sagte Jette geduldig. »Die suchen irgendeinen Schatz. Wahrscheinlich denken sie, wir haben ihn. Oder könnten sie dahinführen, wo er liegt.«

»Und wenn wir ihn tatsächlich haben?«, fragte Ben.

Charlotte tippte sich gegen die Stirn. »Was sollen wir denn haben? Einen Sack voll Geld, geheime Staatsdokumente oder die Juwelen der Queen vielleicht?«

»Nein«, sagte Ben, »aber das *Buch der seltsamen Wünsche.*«

Jette schnappte nach Luft, Charlotte fiel fast in Ohnmacht und Flint biss aus Versehen in den Kopf des Fisches.

Ben zuckte mit den Schultern. »Ich meine ja nur. Es ist das Einzige, was wir haben, und seit wir es haben, geht alles drunter und drüber.« In diesem Moment betrat der Pfarrer den Steg, schnappte sich einen Stuhl und bestellte ebenfalls einen Fisch.

»Die haben euch tatsächlich gesucht. Wollten wissen,

was ihr in der Bibliothek gemacht habt, ob ihr etwas ausgeliehen oder zurückgebracht habt ...«

»Und?«, fragte Charlotte.

Der Pfarrer grinste. »Ich habe ihnen ein bisschen was erzählt von der Geschichte des Sees. Von Anastasia Zuckwurm und Frank Donatelli, dem Schauspieler, der an einer Teichmuschel starb. Ich glaube, das hat eure Verfolger reichlich verwirrt.«

Die Freunde lachten und der Pfarrer bezahlte. Für alle. »Wenn ihr eine Lösung gefunden habt, wäre ich äußerst interessiert am Ergebnis!«

Die Freunde bedankten sich überschwänglich, der Pfarrer verabschiedete sich und verschwand.

»Ach herrje, die Aufgabe«, murmelte Charlotte, setzte ihre Sonnenbrille auf und blickte über den See. »Zeit verschwenden und gleichzeitig sparen.« Eine schwierige Angelegenheit.

Mit der Zeit war das wie mit einer Sandburg. Stand sie in voller Größe und Pracht vor einem, gab es nichts Schöneres. Aber kaum lief Wasser hinein und die Sandburg bröckelte, kam man nicht mehr hinterher. Reparierte hier eine Zinne, pappte dort einen Turm dran, doch schon brach wieder eine andere Mauer weg und löste sich in nichts auf. Und dann war die Burg plötzlich verschwunden und man stellte überrascht fest, dass sie sich aufgelöst hatte, obwohl man doch die ganze

Zeit über repariert hatte. Eigentlich hatte man gar nichts anderes mehr gemacht. Weder gestaunt noch gelacht oder gespielt. Man hatte Stunde um Stunde repariert. Und zwar völlig umsonst.

Genauso war das mit der Zeit. Man konnte nicht aufhalten, was zwischen den Fingern zerrann. Und es machte auch keinen Sinn, es zu versuchen.

Deshalb war der verschwendete Tag genau der, den sie gespart hatten. Aufgehoben und genutzt für ihre Erlebnisse. Sie waren nicht durchs Leben gehetzt, hatten nicht repariert, was nicht zu reparieren war. Sie hatten ihn genossen und gelebt. So einfach war das.

»Ich glaube, die Aufgabe ist gelöst«, sagte Charlotte schließlich, nahm die Sonnenbrille ab und zwinkerte mit den Augen. Sie freute sich, aber die Antwort machte sie auch ein wenig traurig. Es war schade, dass nichts für die Ewigkeit war.

Sandburgen nicht und Zeit noch viel weniger.

Aber wenn man Zeit sparen konnte, indem man sie mit vollen Händen ausgab, war das prima. Richtig prima sogar.

O. Ein Tag ohne Wünsche

Am nächsten Tag blieb das Buch geschlossen. Auf seltsame Weise hatten die Freunde verstanden, dass es nicht darum ging, durch die Aufgaben zu hetzen. Also ruhten sie sich aus, verbrachten Zeit mit ihren Familien und Freunden, der Geige und den liegen gebliebenen Büchern.

Charlotte traf sich mit ihren Freundinnen im Café Pringels.

»Und?«, fragte Lola aufgeregt.

»Was habt ihr alles erlebt?«, fragte Agnes, und Emma knetete vor Aufregung das Tischtuch. Charlotte begann zu erzählen, von der Flussreise, dem Swimmingpool hinter dem Café Pringels und dem gesparten, weil verschwendeten Tag. Die Freundinnen waren ganz Ohr und unterbrachen Charlotte kein einziges Mal. Die Fragen hagelte es erst, als die ganze Geschichte erzählt war.

»Unglaublich, das klingt superspannend!«, rief Lola.

»Und was ist mit dieser Jette?«, fragte Agnes. Charlotte zuckte mit den Schultern. »Sie hat sich eingekriegt und ist echt in Ordnung. Mehr Sorgen macht mir allerdings der tolle Tom.« Und dann berichtete sie vom Auftauchen der Jungs im Swimmingpool und am See. »Er sucht einen Schatz«, wisperte Charlotte.

Lola ließ einen Löffel fallen, Agnes quiekte und Emma riss die Augen auf. »Dieser Typ ist der Star meiner Klasse. Und jetzt hat er auch noch ein Geheimnis, vielleicht sogar einen Schatz gefunden?«

»Gefunden wohl noch nicht«, erwiderte Charlotte trocken. »Erst haben sie den Pool unter die Lupe genommen und am nächsten Tag sind sie uns gefolgt. Vielleicht denken sie ja, wir hätten ihr Geheimnis entdeckt. Ich habe keine Ahnung.«

»Sag mal, Charlotte«, murmelte Emma, wurde rot und senkte den Blick. »Könnten wir nicht Tom ins Visier nehmen? Ihr habt anderes zu erledigen und …«

Charlotte nickte erfreut und ihre Freundinnen jubelten. »Das machen wir gerne«, sagte Agnes, Lola nickte und Emma schüttelte sich in wilder Vorfreude.

Die Mädchen diskutierten ihr Vorhaben eine Zeit lang, dann drehte sich das Gespräch um andere, ebenfalls wichtige Dinge: den Kauf von Lolas erstem Büstenhalter, die kranke Katze von Agnes und das kommende Schuljahr mit neuen Lehrern, Fächern und Sitzordnungen.

Als Charlotte nach Hause kam, kramte sie in der Schublade ihres Schreibtisches, zog ein frisches und unverbrauchtes Schulheft hervor, schlug es auf und schrieb in fetten Buchstaben *Logbuch* über die erste Seite, blätterte weiter und begann zu schreiben. »Logbuch einer seltsamen Crew. Bestehend aus Flint Farnese, der seine Eltern verloren hat. Jette Jetschmann, die Geige spielt. Cousin Ben, Mathegenie und Urlaubsgast. Und mir natürlich (keine besonderen Eigenschaften). Die Crew kämpft mit Wünschen, die sie erledigen möchte. Funktioniert nicht so einfach. Es gibt viel mehr seltsame Wünsche, als man glaubt. Und die meisten von ihnen sind total ballaballa. Aber wenn man es ausprobiert, macht es Sinn, manchmal jedenfalls. Ich weiß noch nicht, wohin das führt, aber es gefällt mir.«

Flint saß zu Hause auf seinem Bett und dachte an Charlotte. »Anastasia Zuckwurm«, murmelte er, grinste und schüttelte den Kopf. Charlotte war einfach unglaublich!

Sie verströmte ein buntes Licht, das alles in andere Farben tauchte. Wenn sie im Bus saß, leuchtete das schmutzige Grau der Polstersitze. Stand sie auf dem Dampfer, schwirrte die Luft hellblau und das Wasser glänzte. Und am Bootshaus leuchteten ihre roten Haare mit der Sonne um die Wette.

Flint wusste nicht genau, ob ihm das Angst machte, auf alle Fälle fand er es merkwürdig.

So merkwürdig, dass er beschloss, mit Tante Claire darüber zu reden. In einem echten Erwachsenengespräch.

Also machten die beiden einen Spaziergang zum Swimmingpool, setzten sich an den Rand und blickten hinab in das herrliche Minzgrün des Beckens.

»Kann es sein, dass du in Charlotte verliebt bist?«, fragte Tante Claire vorsichtig, doch Flint schüttelte den Kopf.

»Verliebte grapschen aneinander herum und küssen sich«, sagte er, und ihm wurde ein bisschen schlecht bei der Vorstellung. Nein, verliebt war er auf gar keinen Fall.

»Oder Charlotte ist in dich verliebt?«, fragte Tante Claire weiter. Diese Vorstellung gefiel Flint schon besser. Er überlegte eine Zeit lang und schüttelte den Kopf. Nein, dafür gab es keine Anzeichen, nicht die geringsten.

»Dann leuchtet Charlotte vielleicht einfach nur so«, sagte Claire. »Und du hast das große Glück, es zu bemerken.«

Flint konnte lange nicht einschlafen an diesem Abend, und als er endlich müde wurde, schien er um zwei Erkenntnisse reicher: Tante Claire war echt super. Und ein Gespräch unter Erwachsenen weit weniger aufregend, als er immer gedacht hatte.

Ben saß auf dem Fensterbrett des Gästezimmers und blickte auf die Straße hinunter. Auf den Knien hatte er seine Aufzeichnungen, die Daten und Kürzel, die unter die einzelnen Wünsche gekritzelt worden waren. Nach jedem Treffen hatte er sie notiert, legte sie nebeneinander und versuchte, eine Systematik zu erkennen. Was nicht allzu schwierig war.

Der eine (oder die einen?) hatten stets mit *i.K.* und einem Datum unterzeichnet. Der andere (oder die anderen?) mit *okay* und einem Datum. Beides bedeutete vermutlich das Gleiche: Der Wunsch war ausprobiert, erfüllt und abgehakt.

Also hatten schon andere vor ihnen das Buch in der Hand gehabt und versucht, was sie nun auch versuchten.

Ob Ben und seine Freunde sich auch in dem Buch verewigen sollten? Für einen kurzen Augenblick dachte er an Herrn Grollmann und dessen Reaktion. Nein, das war keine gute Idee, der alte Herr würde sie in der Luft zerreißen.

Ben zog die Stirn in Falten und dachte nach. Und wenn das mit dem Buch kein Zufall war? Wenn es bewusst in ihre Hände gespielt worden war? Dann war

Herr Grollmann entweder der Verfasser und bekam das Heft stets zurück, oder er gehörte zu den Letzten, die sich an dem Buch versucht hatten. Und hatte es nun weitergegeben.

Ben legte die Aufzeichnungen beiseite, griff nach dem Handy und rief seine Eltern an.

»Geht es euch gut? Was macht das … Baby?« Er lauschte gequält, dann erzählte er schnell von seinen Ferien. »Es ist super hier. Ich habe auch schon Freunde gefunden. Charlotte ist auch dabei und wir haben jede Menge Spaß.«

Ben plauderte noch ein wenig, dann legte er auf und starrte aus dem Fenster. Ja, er hatte Freunde gefunden und tatsächlich schon ein paar Tage nicht mehr an das Baby gedacht. Was immer auch hinter dem Buch der Wünsche stecken mochte, Ben dankte den Göttern, dass es ihnen in die Finger gefallen war.

»Was machst du eigentlich den ganzen Tag?«, fragte Frau Jetschmann ihre älteste Tochter am Abend. Die Familie saß beim gemeinsamen Essen, es gab Fisch auf Grünkernsoße, und es schmeckte, wie es aussah. Widerlich.

Jette stocherte sich mit ihrer Gabel durch eine Unmenge von Gräten und verzog das Gesicht. Ihre Geschwister versuchten, mit der Soße ein Bild auf ihre

Hosen zu malen, und Herr Jetschmann klopfte mit seinem Fischmesser den Takt einer Symphonie auf die Tischplatte.

»Was sollte Jette denn machen?«, fragte er irritiert.

»Das frage ich mich auch«, erklärte Frau Jetschmann. »Deine Tochter ist fast überhaupt nicht mehr zu Hause. Ob sie Freunde gefunden hat?«

Jette schreckte hoch und wurde augenblicklich rot. Wie immer, wenn sie sich ertappt fühlte. Oder wenn ihre Mutter auf einmal Dinge wusste, die ihr niemand erzählt hatte.

Schnell berichtete Jette von ihren neuen Freunden Ben, Flint und Charlotte, die alle hier im Haus wohnten. Und mit denen sie eine Schlauchbootfahrt und einen Ausflug zum See unternommen hatte. Von der mitternächtlichen Aktion sagte sie nichts und auch das Buch der Wünsche ließ sie unerwähnt. Unerklärliche und seltsame Dinge eigneten sich nicht für die Ohren von Eltern, das war eine alte Regel, an die sich Jette genauestens hielt.

Dennoch lauschte die ganze Familie gespannt, Jettes Mutter lächelte und die Kleinen gaben ebenfalls ihren Senf dazu.

»Carlos aus unserer Klasse fährt auch Schlauchboot«, sagten sie. »Er will später mal Kapitän werden. Und du?«

»Ich verhöre mich wohl gerade«, brummte Herr Jetschmann und klopfte mit dem Fischmesser im Stakkato auf den Tisch. »Ich freue mich wirklich, dass du neue Freunde hast, aber wenn du mit deiner Geige berühmt werden willst, musst du ein bisschen mehr üben.«

»Dein Vater hat ausnahmsweise recht«, sagte Frau Jetschmann. »Andererseits sind Ferien und auch Musikerkinder haben Urlaub verdient. So, jetzt müssen meine Wunderkinder aber ins Bett. Zumindest die Kleinen. Bitte ohne Musik und Instrumente.«

Ihr Wunsch verhallte ungehört, die Kleinen holten die Bratsche und das Cello, Jette öffnete den Geigenkasten und wenig später spielte das teuflische Höllenorchester einen wilden Ritt. Natürlich dirigiert von Herrn Jetschmann persönlich. Und von unten klopfte die taube Frau Knobbe gegen die Decke. Ben hingegen öffnete das Fenster des Gästezimmers noch ein Stück weiter.

In einem Mietshaus in der Filippusstraße fand an diesem Abend ein seltsames Treffen statt. Im fünften Stock, hinter zugezogenen Vorhängen.

»Das geht so nicht weiter«, schimpfte Tom und stapfte durchs Zimmer. »Wir machen uns zu kompletten Idioten.«

»Wer wollte denn zu dieser Verfolgungsjagd aufbrechen?«, fragte Bert, köpfte eine Cola und leerte sie in drei Zügen.

»Ich will endlich wissen, was diese Pappnasen besitzen«, wetterte Tom. »Mist, dass wir nicht mehr verstanden haben.«

»Es ging um ein Buch«, sagte Raffi, fuhr sich durch die blonden Locken und grinste. Sein Name war nicht etwa eine Abkürzung von Raffael, nein, Raffi war die Kurzform von »raffgierig«. Wenn es irgendwo etwas zu holen gab, war er dabei. Ganz vorne an vorderster Front.

»Es ging um einen Schatz«, sagte Kostas. »Ich hab's gehört.«

»Dann fassen wir doch mal zusammen«, knurrte Tom und warf sich aufs Bett. »Diese schleimigen Kröten fahren durch die halbe Stadt, verschwinden in einem Kloster und lösen sich dann in Luft auf. Wonach sieht das aus?«

»Nach einem Wunder?«, sagte Raffi.

Kostas lachte und Bert verschüttete fast seine zweite Cola.

»Wohl kaum, ihr Knallköpfe«, zischte Tom. »Die sind selbst auf der Suche! Wie es aussieht, haben sie das geheimnisvolle Ding noch nicht, folgen aber irgendeinem Plan.«

»Und was machen wir nun?«, fragte Bert.

»Wir bleiben ihnen auf den Fersen«, erklärte der tolle Tom.

»Hängen uns an sie dran wie Ratten«, rief Kostas.

»Coole Idee«, erwiderte Raffi, zog ein Taschenmesser aus der Hose und säuberte sich damit die Fingernägel. »Auch wenn sie nicht sonderlich neu ist. Macht aber nichts.«

»Echt nicht«, sagte Bert und rülpste.

11. Von der Buttermelcher-straße nach London

Die nächste Aufgabe im seltsamen Buch der Wünsche war noch unglaublicher als die letzte, falls das überhaupt möglich war. Die Freunde starrten sich an und schüttelten den Kopf. »Bitte noch einmal«, bat Charlotte, und Flint wiederholte: »»Fünfter seltsamer Wunsch, für den es einen Plan gibt: den Stadtplan von London. Wie schön wäre es, zu Hause loszugehen und in der Carnaby Street anzukommen!«<

»Die Carnaby Street liegt in London«, meinte Jette, »und die Buttermelcherstraße …«

»… nicht«, sagte Ben, und alle lachten. Dann warf er einen Blick in das Buch und riss die Augen auf. »Unter dem Wunsch gibt es nur noch ein Kürzel, das heißt, der oder die anderen sind an dieser Frage gescheitert.«

»Wundert mich nicht«, knurrte Charlotte. Sie ging an das Regal ihrer Eltern und zog einen Reiseführer von London heraus. Kein Mensch wusste, warum hier so viele Reiseführer standen, wo doch niemand in der Familie jemals verreiste.

Charlotte schlug das Buch auf, nahm einen Stadtplan heraus und ihre Augen irrten suchend über das Gewirr aus Straßen und Gassen.

»Die Carnaby Street liegt im Westen, in Soho«, sagte Jette. »Ich war letzten Sommer da, mit meinen Eltern.«

Charlotte seufzte. Musiker müsste man sein, dann sah man was von der Welt. Schnell faltete sie den Stadtplan auseinander, bis sie einen Detailplan vom Westen Londons fand. Der zeigte Straßennamen, Gebäude und Erklärungen.

»Hier«, sagte sie und tippte auf die Carnaby Street.

Flint griff nach dem Plan und warf einen Blick auf Straßen, Flüsse, Parks und Kirchen. »Es sieht fast aus wie hier bei uns im Westend, findet ihr nicht? Hier ist die Schnorrbeckstraße«, mit dem Finger fuhr er die Whitehall Street entlang, »hier liegt das Café Pringels und dahinter«, er tippte auf den St. James's Park, »ist unser grünes Grundstück mit dem Swimmingpool.«

Charlotte grinste. »Und wenn das hier die Schnorrbeckstraße mit dem Café Pringels ist, liegt die Buttermelcherstraße in etwa hier.« Sie tippte auf eine kleine Querstraße und Ben beugte sich über den Plan. »Downing Street«, sagte er, und seine Augen blitzten. »Die Adresse des Premierministers.«

Die Freunde kreischten vor Vergnügen.

»Und was machen wir nun?«, fragte Jette.

»Stellt euch vor, wir wohnen in der Downing Street«, sagte Flint, der plötzlich Gefallen an der ganzen Sache fand. »Dann gehen wir jetzt los, folgen der Whitehall und der Regent Street und stehen irgendwann in der Carnaby Street«, sagte Flint. »Das müsste doch funktionieren, oder?«

Charlotte blickte ihn an und war sprachlos. Jetzt erst bemerkte sie, dass Flint heute anders aussah, irgendwie verändert. Seine Haare standen ungekämmt in alle Richtungen. Die seltsam blassen Hemden waren einem blau-roten T-Shirt gewichen und um sein linkes Handgelenk trug er ein Lederband.

»Keine Ahnung«, sagte sie, »aber einen Versuch ist es wert. Die Reiseleitung kann Jette übernehmen, immerhin war sie schon einmal in London.«

Jette nickte, Flint griff nach dem Plan und wenige Minuten später standen die Freunde vor dem Haus und bogen nach links in die Schnorrbeck…, nein, in die Whitehall Street.

»Hier seht ihr das Whitehall House«, sagte Jette und deutete auf ein ziemlich marode aussehendes Hotel. »In den Innenräumen gibt es wundervolle Bilder von Rubens. Und linker Hand findet gerade die Wachablösung statt, ein Spektakel, für das Tausende Touristen nach London kommen.«

Zwei alte Männer saßen vor einer Eckkneipe, erhoben sich mühsam und wankten davon. Zwei andere kamen, setzten sich und bestellten Bier.

Charlotte kicherte. »Wirklich beeindruckend. Dafür würde ich auch um die halbe Welt reisen.«

»Hier residiert die britische Admiralität«, sagte Jette und deutete auf das Café Pringels. »Und dahinter liegt der wundervolle St. James's Park.«

Die Freunde nickten, den Park kannten sie und wundervoll war er wirklich. Sie schlenderten weiter, erreichten den Trafalgar Square, warfen einen Blick auf die Kirche St. Martin in the Fields – das Vorbild für den amerikanischen Kolonialstil –, und auch wenn es in Wirklichkeit St. Benedikt im Westend war, erstrahlte die alte Kirche plötzlich in seltsamem Glanz.

Am Piccadilly Circus rauschte der Verkehr und nun wurde es schwierig. Denn im Plan waren jede Menge Straßen verzeichnet, die es hier, in der Wirklichkeit des Westends, nicht gab.

»Ist doch egal«, sagte Flint. »Hauptsache, die Richtung stimmt.«

Also überquerten sie zielstrebig eine Brücke, die im Plan nicht vorkam, und Gleise, die nicht eingezeichnet waren, und standen plötzlich in einem anderen Stadtviertel.

»Soho«, rief Jette begeistert und breitete die Arme

aus. »Ein übles Viertel, mit jeder Menge Nachtleben, Künstlern und all solchem Kram.«

Die Freunde lachten.

Sie liefen von links nach rechts, irrten durch das Gewirr der Straßen, verglichen Plan und Richtung, kehrten um, versuchten es erneut und standen dann endlich … in der Carnaby Street. Auf dem Straßenschild stand etwas anderes, *Schulstraße* oder so ähnlich, aber das war egal.

Charlotte quietschte vor Freude, zog Flint in einer stürmischen Umarmung an sich und der hatte plötzlich die Leuchtfrau im Arm, ihre Haare rochen nach Apfelshampoo und kitzelten ihn an der Nase. Was für ein wunderbarer Tag! Alles erstrahlte in hellem Flieder, Charlotte, seine Freunde und die ganze Straße, in der es lustige Läden mit noch lustigeren Namen gab. Das Café Elfdreiviertel, die Sambaschule Traumtanz und ein Geschäft, das Schaufensterpuppen verkaufte. Hässliche Plastikfiguren mit ausgekugelten Armen und Köpfen.

»Hier lebt Londons berühmtester Pfeifenmacher!«, rief Jette und deutete auf ein kleines Wohnhaus, das schon bessere Zeiten gesehen hatte. »Inderwick's, ein toller Laden.«

»Etwas heruntergekommen«, murmelte Ben, zog seine Digitalkamera aus dem Rucksack und schoss ein

Foto. Dann setzten sich die Freunde ins nächstbeste Straßencafé, sie brauchten dringend eine Verschnaufpause.

Ben bestellte viermal Eistee, lehnte sich zurück und schüttelte den Kopf. »Schon ein bisschen seltsam, dass man mit dem falschen Plan durch eine Stadt wandern kann, oder?«

»Sehr seltsam«, sagte Jette. »Aber auch diesen Wunsch haben wir erfüllt.« Sie hielt ihr Gesicht in die Sonne und schloss die Augen. Mit Plänen war das so eine Sache, sie verfolgten einen auf Schritt und Tritt. Auch ihr Leben unterlag einem Plan. Geigenunterricht bis zum Abitur, Studium am Konservatorium, Auftritte, Gastspiele …

Aber streng genommen war es nicht ihr Plan, sondern der ihres Vaters. Der fremde Londoner Stadtplan, mit dem sie durch ihr eigenes Leben stapfte, weiter und immer weiter. Warum war ihr das nie aufgefallen? Weil die Straßen passten, die Richtungen ähnlich waren und so mancher Park gleich aussah? Merkwürdig. Wo war eigentlich ihr eigener Plan und wie sah der aus? Sie runzelte die Stirn und öffnete die Augen.

»Die Wünsche werden immer wilder«, sagte Flint gerade. »Bin gespannt, wie der nächste aussieht.«

Ben nickte. »Und wann das andere Kürzel verschwindet. Die *okay*-Gruppe ist jedenfalls schon raus.«

»Wir haben die Aufgabe gelöst«, sagte Charlotte. »Theoretisch könnten wir nach Hause gehen, das Buch aufschlagen und sehen, was auf uns zukommt.«

Genau in diesem Moment kam aber etwas ganz anderes auf sie zu.

Eine Meute Jungs, mit Sonnenbrillen und einem schiefen Grinsen im Gesicht.

»Ich bin Tom«, sagte ihr Anführer, »und das hier sind Bert, Raffi und Kostas.«

Die Jungs bauten sich vor dem Tisch der vier Freunde auf und lächelten blöde.

»Schön«, sagte Flint, »und um uns das zu sagen, seid ihr uns gefolgt?« Er schüttelte den Kopf und stand auf. »Ihr sagt jetzt sofort, was los ist, oder es gibt mächtig Ärger!«

»Wir wollen euren Plan«, sagte Tom.

»Hey, da liegt er ja«, rief Raffi, griff in Sekundenschnelle nach dem Stadtplan und versenkte ihn in seiner Tasche.

»Das war's auch schon«, sagte Bert und grinste. »Einen schönen Tag noch.« Und schwupp, waren die Jungs verschwunden. Wie schnelle Schatten, die sich kurz, fast versehentlich, vor die Sonne geschoben hatten.

»Ben hatte recht«, keuchte Jette. »Die suchen tatsächlich nach unserem Geheimnis.«

Charlotte kicherte. »Dann werden sie wohl gleich aus

allen Wolken fallen. Sie haben nämlich nichts in der Hand außer dem Stadtplan von London!«

»Und bevor sie das merken, sollten wir schleunigst von hier verschwinden«, sagte Ben, winkte ein Taxi heran und die Freunde zwängten sich hinein. »In die Buttermelcherstraße«, sagte Ben, und das Taxi fuhr los.

»Haben wir genug Geld?«, fragte Flint vorsichtig. Noch nie in seinem Leben hatte er ein Taxi genommen.

»Ich mach das schon«, sagte Ben. »Mein Vater hat mir was gegeben.«

Flint seufzte erleichtert, das klang gut und war äußerst nett von Ben.

In einer Seitenstraße blieben der tolle Tom und seine Jungs stehen, holten den Plan aus der Tasche und schlugen ihn auf.

»Ein Stadtplan«, sagte Tom. »Lasst uns hoffen, dass die Route notiert ist oder Hinweise zu finden sind.«

»Was ist das denn?«, brüllte Bert und deutete auf die seltsamen Straßennamen. »Haben wir den falschen mitgenommen?«

Raffi schüttelte den Kopf. »Ausgeschlossen. Mit diesem Ding sind sie durch die Straßen gelaufen. Das habe ich genau gesehen.«

Verblüfft starrte Tom auf den seltsamen Plan und

drehte ihn um. *London* stand in fetten Buchstaben auf der Vorderseite. »Ich fasse es nicht!«, brüllte er und trat vor Wut gegen einen Abfalleimer, gegen eine Hausmauer und schließlich noch auf eine Schnecke, die in diesem kurzen Moment ihr Leben ließ. »Die können was erleben, diese Kanalratten«, schnaubte Tom. »Diesen stinkenden Pissern drehe ich die Hälse um.« Und damit auch alle sehen konnten, wie ernst er es meinte, spuckte er auf den Boden und schüttelte die Faust.

Währenddessen saßen Flint, Charlotte, Jette und Ben im Wohnzimmer von Tante Claire und hielten Kriegsrat.

»Die suchen nicht irgendeinen Schatz«, sagte Ben, »sondern unseren. Wahrscheinlich haben sie uns an dem Abend im Swimmingpool belauscht.«

»Dann müssten sie aber wissen, dass es weder um einen Schatz noch um einen Stadtplan, sondern um ein Buch geht«, erwiderte Jette.

»Vermutlich haben sie nicht alles gehört«, überlegte Charlotte und kicherte. Dann warf sie sich in einen Sessel und streckte ihre langen Beine weit von sich. »Und überlegen jetzt krampfhaft, was die ganze Sache mit London zu tun hat.«

Alle lachten.

»Übrigens habe ich meine Freundinnen auf die Jungs

angesetzt«, sagte Charlotte, und den anderen fiel die Kinnlade herunter.

»Du hast was?«, fragte Jette.

»Um Gottes willen«, schnaufte Flint.

Nur Ben fand die Idee gut, ausgesprochen gut sogar. Es war immer sinnvoll, Alternativen zu haben, einen Plan B oder C. Oder Mitstreiter, die am gleichen Strang zogen.

»Dann sind wir uns ja einig«, erklärte Charlotte vergnügt und zog den Kasten mit dem *Buch der seltsamen Wünsche* aus ihrer Tasche. »Bin gespannt, wie es weitergeht.«

Die Freunde steckten ihre Schlüssel in die Schlösser, drehten sie und mit einem leisen Knirschen sprang der Deckel auf. Charlotte holte das Buch heraus, schlug es auf und las den nächsten Wunsch vor, einmal, zweimal. Bis alle begriffen hatten, worum es ging.

»Verflixter Mist!«, knurrte Flint.

»Es wird von Mal zu Mal besser«, seufzte Jette.

»Auf alle Fälle sollten wir morgen ausgiebig frühstücken«, sagte Charlotte, »sonst verhungern wir nämlich.«

Sie stopfte das Buch zurück, überreichte Flint den Kasten, verabschiedete sich und verschwand nach Hause. In ihrem Zimmer holte sie das Logbuch aus der Schublade und schrieb den nächsten Eintrag.

»Unsere Crew verändert sich«, kritzelte sie in ihr Buch. »Flint trägt andere Klamotten, Jette ist plötzlich völlig entspannt und Ben wird vorsichtig. Bei mir ist alles wie immer (keine Veränderungen). Aber ich weiß jetzt, warum meine Eltern nicht in Urlaub fahren: weil es überall gleich aussieht. In Hamburg, München, London und New York. Nur mit dem Gardasee verhält es sich anders. Aber vermutlich ist es dort wie am Bodensee, Baikalsee oder am Roten Meer. Meine Eltern scheinen das zu wissen. Und ich habe wohl doch schon so einiges gesehen, auch wenn wir nie größer verreist sind.«

Äußerst zufrieden mit sich und der Welt klappte Charlotte das Heft zu, verstaute es in ihrer Schublade und ging zu Bett.

12. Ein Ei oder wie man aus wenig viel macht

Der nächste Morgen begann mit einem hart gekochten Ei.

Und jeder Menge schlechter Laune.

Ben wiederholte die Aufgabe.

»Sechster Wunsch, für den es keinen Plan gibt, sondern nur Zufälle. Und ein Ei, als Zahlungs- und Nahrungsmittel für den Tag.«

»Wie gut, dass wir anständig gefrühstückt haben«, sagte Charlotte, seufzte und legte das hart gekochte Ei auf den Tisch. »Und nun?«

»Ich habe darüber nachgedacht«, sagte Ben und grinste. »Nahrungsmittel ist klar, aber Zahlungsmittel? Das ist der Hinweis. Wir tauschen das Ei gegen etwas anderes.«

»Und du meinst, jemand gibt uns dafür einen Picknickkorb?«, fragte Jette spitz.

Ben grinste und schüttelte den Kopf. »Im Gegenteil. Wir bitten die Leute, uns etwas Gleichwertiges zu geben.«

»Ein Brötchen zum Beispiel?«, fragte Flint.

Ben nickte. »Die tauschen wir dann wieder und das nächste Teil ebenfalls. Ich denke, dass der Wert der Tauschwaren schnell in die Höhe schießt.«

»Wenn du meinst«, sagte Charlotte, schnappte sich das Ei, und wenige Minuten später wanderten die Freunde durch die Straßen zum Grünen Markt, einer wöchentlichen Veranstaltung der Bauern aus dem Umland.

Anfangs war es schwierig, den Leuten zu erklären, warum sie erst ein Ei und später andere Dinge tauschen wollten. Aber mit der Wahrheit funktionierte es erstaunlich gut. »Wir müssen eine Aufgabe lösen«, sagte Charlotte, »und haben für den gesamten Tag nur ein Ei zur Verfügung, als Nahrungs- oder Zahlungsmittel.«

Da wollte niemand Spielverderber sein. Hausfrauen öffneten ihre Tüten, Geschäftsleute ihre Taschen, Touristen ihre Rucksäcke.

Und so wurde aus dem Ei ganz schnell ein Kohlkopf, aus dem Kohlkopf ein Bund Spinat und aus diesem zwei Salatgurken.

Die Jungs nahmen die eine Gurke, die Mädchen die andere und dann ging es weiter. Ben und Flint bekamen für ihre Gurke ein Bund Bananen, dafür ein Päckchen Nudeln, dafür eine Flasche Obstessig, für diese eine DVD und dafür schließlich eine alte Kuckucksuhr. Die sie in einem Import-/Exportladen an der Ecke für zwanzig Euro loswurden. Das Geld investierten sie in gebratene Hähnchen, Pappteller und zwei Flaschen Wasser.

Den Mädchen erging es noch besser. Aus ihrer Gurke wurde ein Netz Zitronen, dann eine kleine Kiste Bionade. Vier Flaschen behielten sie, die anderen tauschten sie gegen zwei Stangen Baguette. Eines behielten sie, das andere verwandelten sie in eine Kette Knackwürste. Einen Teil behielten sie, der Rest wurde zu Schinken und so weiter.

Als die Mädchen schließlich mit einer Tüte voller Proviant, zwei Rollen Klopapier und einem Buch über Kindererziehung am Pool ankamen, war der Jubel groß. Schnell stiegen die Freunde in das Becken hinunter, verteilten die Pappteller und sämtliche Köstlichkeiten, so gerecht es ging. Und dann schlugen sie zu, als hätten sie schon tagelang nichts mehr zu essen bekommen.

»Die Leute fanden die Sache mit dem Ei ganz witzig«, sagte Jette und biss in einen Hähnchenschenkel. »Und großzügig waren sie auch.«

»Sehr sogar«, bestätigte Flint. »Den meisten hat es richtig Spaß gemacht, den Wert unseres Tauschgegenstandes zu erhöhen.«

»Seht ihr?«, sagte Ben und strahlte. Natürlich wurde

er gebührend gelobt, schließlich war es sein Verdienst, dass sie heute nicht hungern mussten.

»Irgendwo die Jungs gesehen?«, fragte Charlotte vorsichtig.

»Nein«, sagte Flint. Vorsichtshalber aber waren sie durchs Café Pringels zum Pool gegangen. Und tatsächlich blieb alles ruhig.

Die Freunde machten sich einen schönen Nachmittag, streiften durch das Wäldchen und das zerfallene Haus. Sie bastelten aus den unbenutzten Papptellern Figuren und spielten auf den Fliesen des Schwimmbads Mühle, Dame und Schach.

Die Sonne stand schon tief, als sie endlich ihre Sachen packten.

»Ein schöner Tag«, sagte Charlotte. »Und ganz ohne Verfolger.« Doch da irrte sie sich leider.

Mit lautem Krachen brachen plötzlich die vier Jungs durchs Gebüsch und sprangen in den Swimmingpool.

»Schnelles Wiedersehen«, sagte der tolle Tom und grinste. »Los, Rucksäcke und Taschen her! Aber ein bisschen dalli!«

Flint wollte sich gern wehren, schließlich waren sie vier gegen vier. Doch dann sah er Bens ängstlichen Blick und auch Jette klapperte schon heftig mit den Zähnen. Also zuckte er nur mit den Schultern und grinste. In den Rucksäcken war nichts Aufregendes, sollten sich diese Blödmänner doch lächerlich machen, er gönnte es ihnen.

»Bedient euch«, sagte er und verschränkte die Arme vor der Brust.

Die Blödmänner griffen gierig nach den Taschen und leerten den Inhalt auf den Boden des Pools. Dann wühlten sie zwischen Labellos und Haarklammern, Geldbörsen und Taschentüchern herum.

»Hier ist nichts«, meldete Bert. »Null, nada, niente.«

Tom knurrte und machte ein Zeichen, die Jungs spuckten auf den Boden, stiegen die Leiter hoch und verschwanden.

»War wohl etwas vermessen, zu glauben, die seien wir los«, meinte Ben, bückte sich nach seinen Habseligkeiten und räumte sie zurück in den Rucksack.

»Wir sollten uns nicht ins Bockshorn jagen lassen«, sagte Flint. »Die wissen nicht einmal, wonach sie suchen.« Die Freunde lachten und plötzlich sprachen alle durcheinander, debattierten und schüttelten sich vor Zorn.

Bis Charlotte sich auf die warmen Fliesen fallen ließ, die Augen aufriss und in den Himmel starrte. »Ist es nicht herrlich?«, rief sie. »Ein spannendes Leben, eine verrückte Aufgabe und jede Menge Feinde!«

»Na, du bist lustig«, sagte Jette und grinste. »Das Ganze wäre mir ohne Feinde bedeutend lieber.«

»Wäre aber auch nur halb so spannend, glaub mir«, sagte Charlotte, sprang auf die Füße und tänzelte durch den Pool.

»Meine Cousine hat einen Knall«, sagte Ben.

Flint lächelte und Jette nickte. Sie griff nach ihrem Rucksack und stieg aus dem Becken.

»Wir dürfen diese Typen auf gar keinen Fall wissen lassen, wo wir wohnen«, wisperte Ben.

»Noch mal Taxi?«, fragte Flint. »Das wird aber langsam teuer.«

Ben sah ihn fröhlich an. »Mach dir keine Sorgen«, sagte er. »Aber es geht nicht anders. Ich habe keine Lust, diese Typen jeden Morgen vor unseren Küchenfenstern zu sehen.«

Also spazierten sie durchs Café Pringels, winkten einem Taxi und ließen sich dreimal um den Block fahren.

»Sicher ist sicher«, sagte Ben, bezahlte die Rechnung und die anderen bedankten sich.

Noch am selben Abend öffneten sie ein weiteres Mal das *Buch der seltsamen Wünsche*. Sie blätterten eine Seite weiter und lasen im Kerzenschein den folgenden Wunsch, die nächste seltsame Aufgabe.

Fast war es, als würde die plötzliche Bedrohung die Uhr schneller laufen lassen, das Bedürfnis wecken, zielstrebig durch das Buch zu kommen. Bevor es ihnen jemand wegnahm und die Mitteilungen für immer verschwinden ließ. Nach all der Mühe und so kurz vor dem Ziel, ein paar Haltestellen vor der Endstation. Das konnte und durfte einfach nicht sein.

»>Siebter seltsamer Wunsch‹«, las Flint. »›Nicht das zu machen, was man möchte: In diesem Fall, alles mit Nein zu beantworten statt mit Ja. Und alles mit Ja statt mit Nein.‹«

»Ach du Schande«, seufzte Jette. »Das gibt ein Chaos.«

»Ein begrenztes Chaos«, erwiderte Ben. »Es geht zu hundert Prozent um das Gegenteil, um nichts anderes.«

Die Freunde lachten.

»Also, ab morgen früh gilt es: Ja statt Nein und Nein statt Ja«, sagte Flint. »Wer nimmt das Buch mit nach Hause?«

Jette griff nach dem Kasten und packte ihn in ihren Rucksack.

»Dann hoffe ich mal, dass meine Eltern nicht mit mir frühstücken wollen«, murmelte sie. Bei der Vorstellung, absichtlich falsche Antworten zu geben, wurde ihr übel.

»Ich denke, das hoffen wir alle«, sagte Charlotte, doch ihr Wunsch ging leider nicht in Erfüllung.

Jette frühstückte nicht nur mit ihren Eltern, sondern mit der ganzen Familie. »Schön, euch mal wieder alle am Tisch zu haben«, sagte Frau Jetschmann und warf ihrer Ältesten einen liebevollen Blick zu. »Was hast du denn vor heute? Bleibst du zu Hause?« Jette nickte. Dieser Tag gehörte ihrer Geige und den Geschwistern. Ach herrje, der siebte Wunsch. Wie hatte sie ihn nur vergessen können! Schnell schüttelte sie den Kopf. »Äh, nein«, sagte sie.

Ihre Mutter lächelte. »Die neuen Freunde scheinen dir richtig gutzutun. Bist du denn zum Abendessen hier?«

»Nein«, stammelte Jette und wurde rot.

»Schläfst du wieder bei Charlotte?«, fragte Frau Jetschmann weiter und Jette brach der Schweiß aus. »Ja«, sagte sie und betete, dass dieses Frühstück schnell ein Ende nehmen würde. Doch niemand hatte Eile, allen gefiel der gemütliche Morgen am reich gedeckten Tisch.

»Spielt diese Charlotte eigentlich ein Instrument?«, fragte Herr Jetschmann und legte die Zeitung beiseite. »Ich weiß nicht«, sagte Jette und war richtig froh, wirklich keine Ahnung zu haben. Es war fies, andere anzulügen. Und sie hatte auch keine besondere Lust darauf.

»Ein doofer Wunsch«, murmelte sie, er gefiel ihr in

keinster Weise. »Saublöd und komplett plemplem.« Sie griff nach dem Pflaumenmus, schmierte sich ein Brötchen und stopfte sich die Backen so voll mit Brötchen und Pflaumenmus, dass sie keine weitere Frage mehr beantworten konnte. Auch nicht die allerkleinste. Und wenn dieses Frühstück vorbei war, wollte sie sich die Zähne putzen. Aber nicht nur so dreimal hin und her. Sondern ausgiebig und lange, denn sie war sauer.

Auch Charlotte und Ben frühstückten gemeinsam mit Herrn und Frau Stiefbusch. Das war ungewöhnlich, aber heute war Sonntag, die beiden mussten nicht zur Arbeit, und sie freuten sich, Ben ein paar Minuten für sich zu haben.

Frau Stiefbusch brutzelte Rührei mit Speck. Das Rührei war glibbrig, der Speck verkohlt und das Ganze ziemlich versalzen.

»Schmeckt es?«, fragte Frau Stiefbusch ihren Neffen.

»Ja«, stammelte Ben und freute sich über den siebten seltsamen Wunsch, der seine Tante gerade glücklich machte.

Charlotte kicherte, doch Frau Stiefbusch war ganz aus dem Häuschen. »Danke, Kochen ist nicht gerade meine Stärke.« Dann hielt sie inne und plumpste auf einen Stuhl. »Wie geht's eigentlich zu Hause?«, fragte sie. »Ist bei euch alles okay?«

»Ja«, antwortete Ben nach kurzem Zögern, und Charlotte erstarrte. Ach, du grüne Neune! Ja hieß Nein, also hatte Ben Probleme. Nicht eine Sekunde lang hätte sie das für möglich gehalten. Grausame Bilder zogen durch ihren Kopf: Scheidung der Eltern, Krankheit, bevorstehende Armut. Nein, Letzteres schied aus. Ben warf mit Geld um sich, dass es die reinste Freude war. Charlotte war noch völlig in Gedanken, als die Fragen nun über sie hereinprasselten.

»Charlotte, könntest du vielleicht dein Zimmer aufräumen?«, fragte ihr Vater. »Es geht mich ja nichts an, aber ...«

»Ja«, hörte Charlotte sich sagen. Oh, verflixt! »Und mit Einkaufen wärst du auch mal wieder dran«, sagte ihre Mutter.

Charlotte murmelte erneut ein leises »Ja« und fing ein gehässiges Grinsen von Ben auf. Sie hieb ihm auf den Oberschenkel und sprang auf. »Wir müssen los«, sagte sie, stopfte sich noch ein Brötchen in den Mund und zog Ben hinter sich her. Fort von hier, raus aus dieser Gefahrenzone.

Im Wohnzimmer von Tante Claire war die Lage ähnlich angespannt.

»Und«, fragte die Tante neugierig, »hast du herausgefunden, was das mit Charlotte bedeutet?«

Flint zuckte zusammen und schüttelte den Kopf, doch dann fiel ihm der siebte seltsame Wunsch ein. »Ja«, sagte er leise.

Tante Claire musterte ihn schweigend und nickte. »Also hast du dich verliebt«, sagte sie, lehnte sich zurück und wartete.

»Nein«, sagte Flint. Und seine eigene Antwort traf ihn wie ein Schlag in die Magengrube. Warum hatte er nicht Ja gesagt? Er musste das Gegenteil behaupten, das Gegenteil. »Warte ...«, murmelte er, seufzte und schüttelte den Kopf.

»Nein«, wiederholte er leise.

»Merkwürdig«, sagte Tante Claire. »Ich hätte schwören können ...« Glücklicherweise kochte in diesem Moment die Milch über, Tante Claire rauschte in die Küche und ließ Flint alleine. Der starrte an die Wand. Die Zeit blieb stehen, selbst das Pendel der alten Uhr bewegte sich nicht. Lange, ganz lange nicht. Erst als Tante Claire aus der Küche zurückkam, tickte die Uhr wieder und das Pendel schwang in sanften Bögen. Liebevoll strich Tante Claire ihrem Neffen über die Haare, hauchte ihm einen Kuss auf die Wange und verschwand ins Bad.

Eine Welle tiefer Zuneigung erfasste Flint, spülte ihn weg und begrub ihn. Claire war einfach klasse und die beste Tante, die man sich wünschen konnte. An die andere Sache wollte er im Moment nicht denken, das brachte ihn nur völlig durcheinander.

Unweit der Buttermelcherstraße saß der tolle Tom im Café Pringels, zusammen mit Emma. Ganz alleine, denn Emmas Freundinnen hatten ausgerechnet heute keine Zeit. Agnes musste zur Reitstunde und Lola war mit ihren Eltern verreist.

»Und warum wolltest du mich nun treffen?«, fragte Tom und lächelte wie für eine Zahnpastawerbung. »Wir haben doch Ferien.«

»Es hat nichts mit der Schule zu tun«, wisperte Emma und versuchte, cool zu bleiben. Was nicht ganz einfach war, denn Tom sah wirklich toll aus und war richtig nett. Er raspelte Süßholz, bestellte Kakao und Eiscreme und lächelte. »Also, worum geht es?«

»Ich habe gehört, dass du etwas suchst«, sagte Emma und zögerte, »etwas ganz Besonderes.«

Tom sah aus, als hätte ihn ein Blitz gestreift. »Was weißt du von der Sache?«, knurrte er und wollte schon wütend werden. Doch er beherrschte sich, sein Hirn lief auf Hochtouren. Von ihm oder seinen Freunden hatte Emma diese Information mit Sicherheit nicht. Also von den anderen, natürlich! Wenn er sich nicht täuschte, war diese rothaarige Hexe mit den doppelten Röcken eine Freundin von Emma, daher wehte also der Wind. Ein herrlicher, frischer Morgenwind, der endlich Bewegung in die Sache brachte.

»Das ist richtig«, sagte er und spielte mit seinem Teelöffel, rührte im Kakao, blickte auf die Tischplatte und studierte die Linien im Holz. »Eine traurige Geschichte, die mir sehr nahegeht.«

»Erzähl keinen Quatsch«, sagte Emma. »Also?«

Tom gab sich einen Ruck und schluckte. »Ich weiß nicht, wo ich anfangen soll. Es ist ein dunkles Geheimnis. Das allen Unglück bringt, die sich damit beschäftigen«, sagte Tom. »Eine Familiengeschichte, doch nun ist das Ding plötzlich verschwunden.«

»Das Buch der Wünsche?«, fragte Emma erstaunt.

»Genau das«, sagte Tom und lächelte. »Wir wähnten es in Sicherheit und plötzlich taucht es bei deiner Freundin auf. Umso schöner, dass ich dich heute hier treffe.«

Emma schluckte. So hatte sie sich die ganze Sache nicht vorgestellt. Toms plötzliches Interesse galt ausschließlich dem Buch der Wünsche und Charlotte. Emmas Laune sank. »Vergiss es«, sagte sie spitz. »Diese Masche zieht bei mir nicht.«

Tom schüttelte den Kopf. »Du verstehst mich falsch. Ich will das Buch nicht zurück. Ich möchte deine Freundin nur warnen, das Ding ist gefährlich. Könntest du vielleicht …?«

»Warum sagst du es ihr nicht selbst?« Emmas Stimme überschlug sich vor Zorn. »Hast du etwa Angst vor einem Mädchen mit Schnürstiefeln?«

»Äh, nein, ich doch nicht«, antwortete Tom. »Aber ich weiß nicht, wer sie ist und wo ich sie finden kann.«

»Nichts leichter als das«, knurrte Emma und zog Stift und Papier aus der Tasche. »Sie wohnt in der Buttermelcherstraße Nummer 37.«

Sie klatschte den Zettel auf den Tisch und erhob sich. »Die Rechnung geht auf dich«, knurrte sie und verließ das Café, marschierte zwei Straßen weiter, bis ihr auffiel, dass sie einen Fehler gemacht hatte, einen gewaltigen Fehler.

»Mist, verdammter!«, murmelte sie, griff zum Handy und tippte mit zitternden Fingern Charlottes Nummer ein. Dann schüttelte sie den Kopf. Nein, Charlotte würde ihr die Augen auskratzen, und was hatte sie schon groß verraten? Den Namen des Buches und eine ganz gewöhnliche Adresse. Die man vermutlich in jedem Telefonbuch fand. Emma ließ das Handy zurück in ihre Tasche rutschen und machte sich schnellen Schrittes auf den Heimweg.

13. Eine Tankstelle und zehn Schuhkartons

In den nächsten Stunden überschlugen sich die Ereignisse.

Zuallererst trat Jette in den Streik.

Sie hatte keine Lust mehr auf den siebten seltsamen Wunsch. Also trafen sich die Freunde in Jettes Zimmer – das vollgestopft war mit Instrumenten und Notenständern – und überlegten, ob sie den Wunsch abhaken konnten. Charlotte war absolut dafür, der Wunsch hatte sie bereits zum Einkaufen und Aufräumen gezwungen und damit war das Maß nun voll. Außerdem sagte das Buch ja nicht, wie lange man dem Wunsch folgen sollte.

»Mir hat die Aufgabe gefallen«, sagte Flint und grinste.

»Meinem Cousin auch«, petzte Charlotte. »Auf die Frage, ob er Probleme habe, konnte er mit Nein antworten.«

Alle starrten Ben an, schwiegen und überlegten, was ihr neuer Freund wohl mit sich herumschleppte. Eine

160

seltene Krankheit, den Schulrauswurf oder eine anstehende Zahnspange?

Ben verdrehte die Augen und seufzte. »Ihr werdet es ja sowieso erfahren«, sagte er. »Meine Mutter ist schwanger.«

»Ach, du Armer!«, kreischte Charlotte. »Jede Nacht das Geheule. Mama hier, Papa da. Und du bleibst auf der Strecke, da kannst du Gift drauf nehmen.«

Ben war so blass, als hätte er das Gift schon genommen.

»Wieso auf der Strecke?«, fragte Jette erstaunt. Dann jedoch schien sie zu verstehen, schlug sich mit der Hand vor die Stirn und lachte. »Ach, ihr meint … du liebe Güte!«

Sie eilte aus dem Zimmer, und als sie wiederkam, schob sie ihre Geschwister vor sich her. »Das sind Priscilla und Konrad«, sagte sie, die Kleinen glühten vor Stolz.

»Ich bin hier die Älteste«, sagte Jette. »Die olle Schwester.«

»Du bist nicht oll«, protestierte Priscilla. »Du bist super.«

»Wann spielst du wieder mit uns?«, fragte Konrad. »Ohne dich ist es langweilig. Wir finden den Takt nicht und überhaupt …«

Jette lächelte, strubbelte den Kleinen über die Haare

und versprach, am frühen Abend gemeinsam mit ihnen zu üben. Erfreut zogen die Geschwister ab.

»So sieht die Realität aus«, sagte sie. »Jette hier, Jette da. Hilfst du mal, was soll ich tun, wie geht das? Die Kleinen bewundern die Großen, so war das schon immer.«

»Meinst du?«, fragte Ben, er schien völlig überrascht. So hatte er die Sache noch gar nicht betrachtet.

»Komm doch in den nächsten Tagen mal vorbei und iss mit uns zu Abend«, sagte Jette. »Ich würde mich freuen und die Kleinen sicher auch. Dann bekommst du einen Eindruck.«

Ben nickte und lächelte. »Gerne«, sagte er. »Sehr gerne sogar.«

Und dann gingen die Freunde langsam zur Tagesordnung über: zur nächsten Aufgabe, dem achten seltsamen Wunsch.

Sie öffneten den Kasten und schlugen das Heft auf.

»»Achter seltsamer Wunsch««, las Jette. »»Genau das zu machen, was man möchte. Und dabei den Boden zehn verschiedener Länder zu betreten.««

»Nein!«, rief Charlotte.

»Das war's dann«, sagte Flint. »An dieser Stelle müssen wir aufgeben. Wir können niemals zehn Länder besuchen.«

»Wenn der Prophet nicht zum Berg kommt, muss

der Berg eben zum Propheten …«, murmelte Ben, und Charlotte tippte sich gegen die Stirn. »Da bin ich ja mal gespannt, wie du zehn Länder überzeugen willst, hier in der Buttermelcherstraße vorbeizumarschieren.«

Die Freunde lachten und zerbrachen sich den Kopf, aber die Aufgabe war so schwierig, dass selbst Ben keine Idee hatte.

»He, Leute, seht mal!«, rief Charlotte plötzlich.

Sie stand am Fenster und deutete auf die Straße hinunter. Und dort spazierten, Schulter an Schulter, vier Jungs auf das Haus zu. Auf ihr Haus in der Buttermelcherstraße 37.

»Die haben unsere Adresse«, wisperte Ben und wurde kreideweiß. »Wie ist das nur möglich?«

Charlotte hatte da so eine Idee, behielt ihren Verdacht jedoch schön für sich. Mist! Warum hatte sie nur ihre Freundinnen eingeweiht? Sie seufzte leise.

»Wir müssen das Buch in Sicherheit bringen«, sagte sie. »Weg von hier. Die Typen fangen sonst noch an, überall zu klingeln und in unsere Wohnungen zu schlüpfen.«

»Wir könnten es im Café Pringels verstecken«, sagte Jette, doch alle schüttelten den Kopf.

»Bei meinen Eltern«, sagte Ben.

»Zu weit weg«, entgegnete Flint.

»Ich hab's!«, rief Jette aufgeregt. »Wir bringen das

Buch zu Mister Marlow, meinem Geigenlehrer in der Oper.«

»Und dorthin gelangt man nur mit einer Opernkarte«, sagte Charlotte und grinste.

»Oder durch den Bühneneingang«, sagte Jette. »Aber da sitzt ein Pförtner. Und der ist scharf wie ein Schießhund.«

Schnell legte Jette das Buch der Wünsche in den Kasten und den in ihren Rucksack. Dann schlichen die Freunde die Treppe hinunter, verließen das Haus durch die Hintertür, kletterten auf die Blutbuche, sprangen in den angrenzenden Hof und betraten eine stille Seitenstraße.

Schnelle Blicke nach links und rechts, die Bahn war frei.

»Eins zu null für uns!«, rief Flint.

Die Freunde lachten vergnügt, sprangen in die Straßenbahn und begleiteten Jette bis zur Pforte des Opernhauses.

Dort saß, in einem Kabuff neben der Tür, ein dicker Mann mit Doppelkinn, schlabberte Kaffee und grunzte, als er Jette sah.

»Geigenstunde bei Mister Marlow«, murmelte sie, der Alte winkte Jette durch und weg war sie. Und mit ihr das *Buch der seltsamen Wünsche*.

»Ob das die richtige Entscheidung war?«, fragte Charlotte und setzte sich auf die Treppe vor der Oper. »Das Heft fehlt mir jetzt schon.«

»Wir müssen sowieso erst den achten Wunsch lösen, was Jahre dauern kann«, sagte Ben und runzelte die Stirn. »Und solange ist das Buch bei Mister Marlow sicher gut aufgehoben.«

Das war es tatsächlich. Mister Marlow betonte, welch große Ehre es sei, auf die Kiste aufzupassen, und legte sie in die oberste Schublade seiner Kommode. »Meine Katzen werden mir Bescheid geben, falls jemand versucht, dein Geheimnis zu stehlen«, sagte Mister Marlow, und wie auf Kommando fauchten Rossini, Bellini und Puccini im Chor. Jette kicherte.

»Herzlichen Dank, Mister Marlow«, wisperte sie. »Ich hoffe, es ist in Ordnung, dass ich im Moment etwas seltener komme. Ich, äh … habe Freunde gefunden.«

Mister Marlow zog einen Stuhl heran und setzte sich. »Freunde«, sagte er und lächelte, »sollte man immer haben. Meine sind in England und ich vermisse sie sehr.« Dann nickte er und beugte sich zu Jette hinüber. »Allerdings sind meine Freunde so verrückt, dass ein wenig Abstand durchaus nicht schadet.« Er grinste und Jette musste lachen.

»Ich glaube, meine sind auch verrückt«, sagte sie, streichelte die Katzen und drückte ihrem Lehrer die

Hand. »Aber ich bin froh, dass ich sie habe. Ich komme ein andermal zur Probe. Meine …«

»… Freunde, ich weiß«, murmelte Mister Marlow.

Schnell stieg Jette die Stufen empor, schlängelte sich am Pförtner vorbei und trat ins Sonnenlicht. »Alles erledigt«, wisperte sie und strahlte. »Mister Marlow wird auf das Buch aufpassen.«

Charlotte seufzte leise und die Freunde machten sich auf den Weg zurück ins Westend.

Dort bummelten sie durch die Straßen, guckten in dunkle Obstläden, durch verschmutzte Schaufenster und löchrige Bauzäune. Sprachen über dies und das, doch am meisten beschäftigte sie natürlich die nächste Aufgabe, der achte seltsame Wunsch. »Wir könnten die Länder zusammenzählen, in denen wir schon waren«, sagte Jette. »Bei mir sind das Spanien, Österreich, England, Holland und Schweden.«

»Dänemark und Amerika«, sagte Ben.

»Italien«, murmelte Charlotte und seufzte erneut.

Nur Flint schüttelte den Kopf. Er war viel rumgekommen. Von seinen Eltern zu Tante Claire. Vom Kindergarten in die Schule und von dort ins Internat. Aber niemals war er verreist.

»Nie?«, fragte Charlotte verblüfft. »Auch nicht nach Italien?«

Auch nicht nach Italien. Und so kamen die Freunde

auf genau acht Länder, wie Ben feststellte, und das waren eindeutig zu wenig. Selbst wenn sie Deutschland als neuntes Land dazuzählten.

»Außerdem steht im Heft, wir sollen in diesen Ländern genau das machen, was wir wollen«, sagte Ben. »Und ich durfte in Dänemark überhaupt nichts, ich kann mich noch gut erinnern.«

Die Freunde ließen die Köpfe hängen, dieser Wunsch warf sie meilenweit zurück. Sie würden ihn nicht erfüllen können, hatten weder das Geld noch die nötige Zeit dazu. Und ohne Wunscherfüllung keine nächste Aufgabe, so lauteten die Spielregeln.

Mit hängenden Köpfen schlichen sie durchs Westend – sie hatten verloren, ein schrecklich trauriger Gedanke und ein ganz und gar hässlicher Nachmittag.

»He, seht mal!«, rief Charlotte und deutete in einen Hinterhof. »Eine alte Tankstelle!«

Schweigend betraten die Freunde das unbekannte Gelände, bestaunten das gläserne Häuschen im Stil der Fünfzigerjahre und die alten Zapfsäulen. Blumenkästen schmückten den leeren Hof, um die Zapfsäulen rankte sich Efeu und es roch immer noch nach Öl und Benzin, Schmiere und Abgasen. »Der Besitzer und seine Kunden haben jedenfalls mehr gesehen als zehn Länder«, sagte Jette und deutete auf die vielen Postkarten, die in den schmutzigen Fenstern hingen. Aus Südafrika und Griechenland, Island und von den Malediven. Darunter standen Dutzende von Schraubgläsern mit Sand, Geröll und Erde. Nein, nicht Dutzende. »Genau hundert«, sagte Ben nach ein paar Sekunden und nickte zufrieden. Die gerade Zahl bedeutete ein klares System und das gefiel ihm.

»Sand, Steine, Erde …«, wisperte Flint. »Haltet ihr es für möglich, dass sie aus unterschiedlichen Ländern stammen?«

»Mensch, Meier«, sagte Ben

»Das wäre ja ein Ding«, wisperte Jette.

Charlotte sagte gar nichts mehr. Sie starrte auf die Gesteinsproben und dachte an den achten seltsamen Wunsch, dessen Erfüllung in greifbare Nähe rückte.

»Ja, das sind Mitbringsel aus aller Welt«, erklärte die blonde Frau mit den hochtoupierten Haaren. Sie sah aus wie Marge Simpson, nur nicht ganz so brav. Ihre Füße steckten in Cowboystiefeln, die Oberarme waren tätowiert und in einem ihrer Nasenflügel glitzerte ein Piercing. Sie wohnte in dem Haus neben der Tankstelle und gab bereitwillig Auskunft über die gefüllten Gläser. »Sie sind von meinem Vater, aber der lebt nicht mehr. Worum geht es denn?«

»Dürften wir zehn dieser Gläser ausleihen?«, fragte Jette.

Die Frau schüttelte den Kopf. »Keine Chance, Schätzchen«, sagte sie. »Diese Dinger waren ihm heilig, Gott weiß, warum.«

»Es geht um eine Aufgabe«, sagte Charlotte. »Wir sollen genau das machen, was wir möchten, und dabei den Boden zehn verschiedener Länder betreten.«

Die Frau stutzte und betrachtete die Kinder genauer. Die waren nicht älter als zwölf, das stellte sie auf den ersten Blick fest. Auf den zweiten Blick: keine Rowdys oder Typen, die irgendwelchen Blödsinn verzapften. Sie meinte deswegen: »Klingt spooky, aber kommt doch einfach rein!«

Der Wellensittich protestierte lautstark, die Luft war schneidend und die Wohnung viel zu eng für so viel Besuch. Doch das war unwichtig. Für die Freunde und auch für die blonde Frau, die eine Nase hatte für Abenteuer und verrückte Geschichten. Und hier präsentierte sich eine, direkt vor ihrer Haustür.

»Mitnehmen könnt ihr die Gläser nicht. Aber im Hof ist jede Menge Platz. Ihr könntet den Sand in Schuhkartons füllen, eure Nummer durchziehen und alles wieder in Ordnung bringen. Das ist der Deal. Und ich heiße übrigens Bella.«

Das war ein guter Deal, und er wurde noch besser, als Bella eine Liste aus der Kommode zog, auf der akribisch die Herkunftsländer der Sandproben verzeichnet waren. Dann gingen alle gemeinsam zur Tankstelle, beugten sich über die Gesteinsproben und wählten die schönsten aus.

Strahlend weißen Sand aus Kuba und Westaustralien.

Hellbraunen aus Italien.

Curryfarbenen aus der Wüste in Dubai.

Dunklen aus Vietnam, schwarzen von Lanzarote in Spanien.

Kleine bunte Körnchen – die aussahen wie Müsli – aus Samoa.

Roten, groben Sand aus einer Gegend in Oklahoma, USA.

Knallrote Steinchen aus dem Senegal in Afrika.

Und Kieselsteine vom Wolfgangsee in Österreich.

Bella holte ein paar Schuhkartons und stellte sie auf den Boden. »Aber das genügt noch nicht, ihr sollt auch etwas machen, oder? Hab's nicht ganz kapiert.« Sie warf einen Blick auf die Uhr. »Ihr könnt ja noch überlegen, bin in einer halben Stunde zurück.«

Sie zog einen Kamm aus ihrer Hosentasche, toupierte ihre Haare nach und zeigte auf Charlotte. »Du bist verantwortlich«, sagte sie. »Ihr fasst nichts an, bis ich wieder hier bin, dauert nicht lange.« Dann stiefelte die Lady auf den Hof hinaus und stieg auf eine richtig schwere Maschine, eine Honda 900 Fire Blade, trat mit ihren Stiefeln in die Eisen und stob davon.

Schwer beeindruckt blieben ihre Gäste zurück, notierten die verschiedenen Länder und überlegten sich, was sie dort wohl gerne erleben, unternehmen oder sehen würden.

Auf Kuba wollten sie alte Autos gucken.

In Australien Kängurus fotografieren.

In Italien Eis essen.

Und in Dubai Hochhäuser sehen.

In Vietnam konnte man vielleicht Reis essen, in Spanien tanzen und aus Samoa Postkarten schreiben.

In den USA wollten sie einen Hamburger essen. Im Senegal Tiere beobachten und am Wolfgangsee die Füße ins Wasser halten.

Als Bella zurückkam, hatte sie Charly dabei. Charly sah nicht weniger seltsam aus als seine Freundin, auch er hatte eine Tätowierung auf dem Oberarm, trug eine Lederhose und an seinem dicken, schwarzen Gürtel baumelten Fuchsschwänze. »Charly war überall auf der Welt«, sagte Bella, »genau wie mein Vater. «

»Wie lautete die Aufgabe und was habt ihr euch überlegt?«, fragte er nun auch sofort und hörte aufmerksam zu, was die vier sich ausgedacht hatten.

Charly war offenbar sehr zufrieden mit den Ideen, er nickte und klopfte den Takt einer unhörbaren Melodie auf seine Oberschenkel. »Ich kümmere mich um die Autos auf Kuba«, sagte er, »und die Burger.«

»Dann sorge ich für die Hochhäuser in Dubai und koche Reis«, erklärte Bella. »Und für die Tiere im Senegal könnte ich euch meinen Wellensittich leihen.« Das fanden alle ziemlich klasse. Charlotte zog los und besorgte Eiscreme, Flint Postkarten, Ben Briefmarken. Und Jette holte aus der Spielzeugkiste ihrer Geschwister ein Känguru, ein ganz kleines aus Plastik.

Und wenig später ging es los. Der kubanische Sand wurde in zwei Schuhkartons gefüllt, die Freunde zogen Flipflops und Sandalen aus und traten einer nach dem anderen in die Schachteln. Ganz nebenbei bewunderten sie die alten Autos, die Charly aus der Garage gefahren hatte: einen Oldtimer mit Heckflossen und einen Pick-up mit kaputtem Auspuff.

»Genial!«, rief Charlotte, und Bella sang ein kubanisches Kampflied aus der Zeit Che Guevaras. Jette jubelte, und die Jungs lachten, Charly am lautesten.

Weiter ging es mit dem weißem Sand aus Australien. Er war ganz fein und schmiegte sich so angenehm an die Füße, dass es eine Wohltat war. Flint stieg in die Schuhkartons und Charlotte wedelte mit dem Känguru vor seiner Nase herum. »Jetzt bist du im Outback«, rief Charly, und Flint schoss ein Foto vom Schuhkarton und seinen Zehen, dem Känguru und Charlotte.

Im dunkleren Sand von Italiens Küsten standen die Freunde einer nach dem anderen still und lutschten an einem Eis, Charlotte bohrte ihre Zehen in den Sand und freute sich, sie kannte Italien und fühlte sich fast wie zu Hause.

Für das gelbliche Sandfeeling in Dubai zeigte Bella Bilder mit Hochhäusern. »War nämlich schon dort«, sagte sie. »Ist ganz fantastisch.«

Der dunkle Sand aus Vietnam war etwas gröber. Jette wackelte in den Kartons herum, während Bella ihr eine Schüssel mit Reis hinhielt. Und Stäbchen, was Jette völlig aus dem Gleichgewicht brachte. Flint meisterte das hervorragend, genauso wie den Tanz auf dem dunklen Sand der spanischen Insel. Bella band ihm ihr Halstuch um die Haare und Flint ging in die Hocke und zuckte mit den Armen. Ganz im Rhythmus der rauchigen Stimme, die aus Charlys Autoradio röhrte.

»Das sieht cool aus«, rief Charlotte begeistert, und dann half sie ihrem Cousin, der mit dieser Übung weit mehr Probleme hatte.

Auf den müslifarbenen Steinen von Samao schrieb einer nach dem anderen eine Postkarte, was lange dauerte. Charlotte schrieb an Herrn Schripp, Ben an seine Eltern, Jette an ihre Geschwister und Flint an Charlotte. Währenddessen hatten sich Bella und Charly zurückgezogen, und als sie wiederkamen, brachten sie selbst gemachte Hamburger mit, wegen der USA und dem roten Sand aus Oklahoma. Auch diese Reise dauerte, denn jeder musste seinen Hamburger auf dem Boden der USA essen, und dann betraten die Freunde die kleinen roten Kiesel aus dem Senegal. Bella brachte ihren Wellensittich auf den Hof, und während die Kinder im Schuhkarton standen, betrachteten sie den Vogel und überlegten, wie wohl die Tiere im Senegal aussahen. Aber das wusste niemand, nicht einmal Bella oder Charly.

Ganz zum Schluss kamen die Kieselsteine vom Wolfgangsee dran. Charly summte *Im weißen Rössl am Wolfgangsee* und Charlotte tapste als Erste über die Kiesel und dann durch eine Schüssel mit Wasser. Das kam zwar nicht aus dem See, sondern aus Bellas Küche, aber das war egal, es erfüllte den achten Wunsch im zehnten Land. Als alle durch waren, fielen sie sich in die Arme und jubelten, schütteten den Sand vorsichtig zurück in die Gläser, räumten auf und Charly fuhr die Autos in die Garagen. Dann setzten sich alle zusammen in den Hof, aßen noch einen Burger und die Reste vom Reis.

»Tausend Dank«, sagte Charlotte und strahlte. »Das war echt super von euch.«

»Gern geschehen«, sagte Bella. »Wenn ihr uns ein Foto schickt, häng ich es in die Tankstelle.« Und Charly grinste.

Am selben Abend noch schrieb Charlotte in ihr Logbuch: »Es geht drunter und drüber. Wir beginnen, alles zu schaffen, und keiner weiß, warum oder wieso. Es passiert einfach. Wie in einem Film oder einer Geschichte. Und wir sind mittendrin. Flint wird immer cooler, Jette ist total hilfsbereit, und Ben will vermutlich nie wieder nach Hause, jetzt nach der Sache mit dem Baby. Muss mir noch überlegen, wie ich das finde. Wir sind viel gereist heute, am besten aber war Oklahoma. Der rote, steinige Sand und die Hamburger. Charlys Lachen und die Idee von ewiger Weite unter den Füßen.«

14. Gespräche unter Freunden

»Wir müssen zu Mister Marlow«, sagte Charlotte am nächsten Morgen. Sie stand vor Jettes Haustür und winkte mit drei Schlüsseln. »Nur wir beide?«, fragte Jette verblüfft.

»Natürlich, wir wollen Mister Marlow ja nicht überfordern«, sagte Charlotte und grinste. »Ben hätte dich auch gerne begleitet, aber ich habe ihn angefleht und mich vor ihm in den Staub geworfen, damit ich gehen durfte!«

Jette grinste, schlüpfte in ihre Sandalen und griff nach ihrer Jacke. »Und die Jungs haben uns einfach ihre Schlüssel überlassen?«, fragte sie, immer noch etwas erstaunt.

»Ich denke mal, das nennt man Vertrauen«, sagte Charlotte, zwinkerte mit den Augen, und Jette kicherte.

Und dann rannten die Mädchen los, fuhren ein paar Stationen mit der U-Bahn und schlenderten zur Oper.

Es war nicht ganz einfach, Charlotte am Pförtner

vorbeizuschleusen. Mister Marlow musste aus seinem Kellerkabuff kommen und die Mädchen in Empfang nehmen.

»Es geht um das Geheimnis«, wisperte Jette. »Wir müssen einen Blick in den Kasten werfen.«

Mister Marlow lächelte.

»Aber gern, du weißt ja, wo es liegt. Ich hole mir solange einen Kaffee und bin in zehn Minuten zurück.«

Jette führte Charlotte durch dunkle Gänge in den Bauch der Oper. Hier unten spielten Geigen und Trompeten, Sänger kletterten Tonleitern rauf und runter und von Weitem waren die lauten Befehle der Bühnenarbeiter zu hören. Aufgeregt spähte Charlotte durch Vorhänge und halb offene Türen, deutete auf blinkende Schilder und folgte ihrer Freundin in den kleinen gemütlichen Raum von Mister Marlow mit seinen Spiegeln und Wandkerzen, Notenständern und Partituren. Auf der roten Samtcouch saßen Rossini, Bellini und Puccini und fauchten.

Als sie Jette erkannten, maunzten sie leise, sprangen auf und strichen um ihre Beine. »Sind die süß!«, rief Charlotte.

Jette grinste. »Und sie haben ein hervorragendes Gehör.«

Schnell öffnete sie die Schublade in Mister Marlows Kommode und nahm den Kasten heraus. Charlotte setzte sich auf die Couch und drehte die Schlüssel, dann öffneten die Mädchen das Buch.

»»Neunter seltsamer Wunsch‹‹«, las Charlotte. »»Sämtliche Sterne vom Himmel zu holen.‹‹« Verblüfft sah sie Jette an. »Mehr steht da nicht … Hey, und es gibt gar keine Kürzel mehr!«

»Das müssen wir unbedingt Ben erzählen«, sagte Charlotte und grinste. »Wegen der Systematik und so.«

Die Mädchen lachten, verstauten das Heft und legten es zurück in die Schublade. In diesem Moment betrat Mister Marlow den Raum.

»Wir sind schon fertig«, erklärte Jette. Dann stellte sie Charlotte vor.

Mister Marlow bewunderte eingehend ihre Schnürstiefel und die schlanken Finger, die wie gemacht waren für ein Streichinstrument, Geige oder Cello. Dann kredenzte er Ingwertee, der nach alten Schuhen schmeckte, und demonstrierte das absolute Gehör seiner Katzen.

Als die Mädchen wenig später ins Licht des Tages zurücktraten, schwirrte Charlotte der Kopf. »Wahnsinn!«, murmelte sie. »Eine ganz andere Welt, fast …«

»… magisch?«, fragte Jette.

Die Mädchen lachten, hakten sich unter und bummelten vergnügt durch die Stadt.

Jette zeigte Charlotte hier eine kleine Boutique, dort ein altes Café, deutete auf bekannte und weniger bekannte Gesichter, grüßte mal hierhin und mal dorthin. Kurzum: Sie genoss die Situation. Ausgerechnet Charlotte hatte sie begleiten wollen, das einstmals arrogante Mädchen mit den fuchsroten Haaren. Das mittlerweile zwar äußerst nett, aber immer noch ein wenig distanziert war. Charlotte war anders als andere Mädchen. Sie biederte sich nirgendwo an und buhlte nicht um Freundschaft.

»Am Anfang fand ich dich ziemlich doof«, sagte Jette.

»Ich dich auch«, sagte Charlotte und grinste. »Saudoof.«

»Und jetzt?«, fragte Jette leise.

»Jetzt mag ich dich«, sagte Charlotte. »Du bist ein wenig seltsam, aber das bin ich ja auch.« Charlotte blinzelte ihrer neuen Freundin zu, dem coolen Mädchen aus der schrägen Musikerfamilie. Jette sah gut aus, war weit gereist und kannte jede Menge aufregender Leute. Meine Güte, die halbe Stadt grüßte sie! Aber sie nickte nur, lächelte und benahm sich ganz professionell. Vermutlich hatte Jette auch keine Spleens wie sie selbst, sammelte keine Flaschen und brauchte keinen Spiegel, um abends … Charlotte stutzte. Hey, war das möglich? In keiner der vergangenen Nächte hatte sie ihren Taschenspiegel bemüht, sie war einfach ins Bett gegangen. Auch an ihre Flaschensammlung hatte sie keinen Gedanken verschwendet, nicht an die alten Handys oder die seltenen Muscheln. Verwirrt schüttelte sie den Kopf. »Kann ich dir was erzählen?«, fragte sie leise und berichtete der staunenden Jette von ihren Spleens. Dem Taschenspiegel und den Ketchupflaschen. Ihrer Angst vor nächtlicher Gefahr und der Lust am Sammeln.

Jette guckte dermaßen verblüfft aus der Wäsche, dass Charlotte schon glaubte, einen Fehler gemacht zu haben. Vermutlich würde Jette gleich lachen. Doch genau das Gegenteil war der Fall.

»In der neuen Umgebung brauchst du den Spiegel nicht«, sagte Jette. »Weil wir Jetschmanns abends musizieren. Und wach sind, wenn du längst schläfst. Wir passen schon auf, sicher.«

Das war eine schöne Antwort. Mit der sich was anfangen ließ. »Adieu, Taschenspiegel«, murmelte Charlotte, Jette grinste und dachte, adieu, langes Zähneputzen. Und dann stiefelten die Freundinnen in ein Feinkostgeschäft, das Ketchupflaschen führte. In allen Größen und Variationen.

Vorher riefen sie jedoch noch die Jungs an. Die vermutlich schon sehnlichst auf den nächsten Wunsch warteten.

Die Jungs waren an diesem Vormittag zur *minzgrünen Vergangenheit* spaziert, wie Flint den Pool jetzt nannte. Sie stiegen über die Steine des zerfallenen Hauses und stocherten mit Ästen zwischen den alten Grundmauern herum.

»Das hier war wohl mal die Küche«, sagte Ben und deutete auf jede Menge Löcher und Kabelanschlüsse im Boden. »Und schau her, dieser große Raum war vermutlich das Wohnzimmer.«

Flint setzte sich auf einen Steinbrocken und versuchte ein wenig Atmosphäre zu schnuppern, sich vorzustellen, dass hier einmal eine Familie gelebt hatte, seine Familie. Inmitten bunter Tapeten, alter Holzschränke und hell leuchtender Lampen.

Dann stiegen die Jungs über das Geröll zurück in den Garten, inspizierten die Eisentore und die Reste des Zauns mit seinen schmiedeeisernen Gittertüren, die schief in den Angeln hingen.

Die Freunde schlenderten zurück zum Pool und setzten sich ins Gras.

»Ich hätte gern Geschwister gehabt«, sagte Flint plötzlich und unvermittelt. »Dann wäre ich nicht so allein gewesen nach dem Ganzen ...«

Ben nickte, das verstand er gut. Aber es machte ihn auch nachdenklich, wieder ein neuer Aspekt im Baby-Wirrwarr.

»Ach, entschuldige«, sagte Flint.

»Schon gut«, erwiderte Ben, schnitt mit seinem Taschenmesser einen dicken Stängel vom Gebüsch, steckte ihn in den Mund und kaute darauf herum. »Weißt du, meine Eltern waren immer sehr stolz auf mich. Ich habe einfach Angst, dass …« Er verstummte und Flint nickte.

Er konnte nachvollziehen, was Ben beunruhigte. Aus ganzem Herzen. Er hätte seine Eltern auch nicht teilen wollen, wären sie jemals zurückgekommen. Mit niemandem, nicht einmal mit Tante Claire.

»Warum kommst du nicht zu mir ins Internat?«, sagte er und klopfte Ben auf die Schulter. »Wir haben eine hervorragende Mathe-AG. Also, ich bin da nicht drin, aber …«

Ben nickte, biss auf seinem Stängel herum und das Gespräch verstummte. Wie ein echtes Gespräch unter Männern eben. Wo Sätze in der Luft hängen blieben wie Tabakrauch. Nicht ausgesprochen, aber weitergedacht wurden, so lange, bis sie ganz dick waren vor lauter Wichtigkeit. Eine feine Sache war das und etwas ganz Besonderes.

Die Jungs legten sich ins Gras und starrten in den Himmel.

»Jette ist echt cool«, sagte Ben irgendwann.

Flint nickte und blickte zu den Wolken hinauf. Ja, sie

war wirklich nett, das hätte er gar nicht gedacht. Dann rutschten seine Gedanken zu Charlotte. Der Leuchtfrau, wie er sie insgeheim nannte, mit ihren stachelbeergrünen Augen und den verrückten Ideen. Im Internat gab es solche Mädchen nicht und vielleicht sollte er Ben das sagen. Aber dann fiel ihm ein, dass Ben wohl andere Interessen hatte und die Leuchtfrau seine Cousine war.

»Charlotte ist auch ziemlich cool«, sagte er irgendwann.

»Mhm«, machte Ben.

»Meine Postkarte habe ich ihr geschickt«, schob er hinterher, so leise, als wäre es völlig unwichtig.

»Wie bitte?« Ben blickte auf und betrachtete seinen Freund mit neu erwachtem Interesse. »Warum das denn?«

Flint blieb die Antwort schuldig.

Ben nickte, legte sich zurück ins Gras und grinste.

Er wusste Bescheid. Über Flint, die Postkarte und seine Cousine.

So war das eben in richtigen Männergesprächen: Der eine begriff, was der andere verschwieg. Eine feine Sache. Und es funktionierte ganz ohne Worte, wie Ben erfreut feststellte.

In diesem Moment klingelte sein Handy.

»Sämtliche Sterne vom Himmel holen?«, fragte Ben

verblüfft, dann lauschte er und riss die Augen auf. »Und keine Kürzel mehr?« Er hörte seiner Cousine aufmerksam zu, drückte die Aus-Taste und stupste Flint mit dem Ellenbogen in die Seite. »Es gibt Arbeit, Freund. Für den nächsten Wunsch müssen wir sämtliche Sterne vom Himmel holen.«

»Nur wir beide?«, fragte Flint erstaunt.

»Nun ja«, sagte Ben und grinste. »Die Mädchen sind shoppen, neue Freundschaft und so. In der Zwischenzeit könnten wir uns schon mal was überlegen. Es gibt keine Kürzel mehr. Könnte bedeuten, dass niemand diesen Wunsch erfüllen konnte.«

»Wundert mich nicht«, sagte Flint, und Ben lachte.

Die Sterne vom Himmel zu holen, war wirklich eine schwierige Sache. Anfangs versuchten es die Jungs über die Bedeutung des Sprichworts. Jemandem eine Freude machen, jemanden beglücken. Aber das passte nicht und machte keinen Sinn. Denn der Wunsch sagte nicht *jemandem die Sterne vom Himmel holen*, sondern *sämtliche Sterne vom Himmel holen*. Und das war nun einmal verflixt schwierig.

Flint dachte an den Abend im Pool, an die sternenklare Nacht und Charlotte, die vom Polarstern gesprochen hatte. Aber natürlich, das war's! Mit einem Satz war er auf den Beinen, kletterte in den Pool und starrte Richtung Himmel.

»Ben, ich habe eine Idee!«, rief Flint. »Hast du heute Abend schon was vor?« Ben schüttelte den Kopf.

»Wir machen das zu zweit. Und morgen früh überraschen wir die Mädchen«, sagte Flint und freute sich jetzt schon darauf.

Am selben Abend noch zogen Flint und Ben erneut zum Pool. Vorsichtshalber wählten sie den Weg über den Hinterhof, die Blutbuche und die angrenzenden Grundstücke, doch alles blieb ruhig, sie wurden nicht verfolgt.

In ihren Rucksäcken befanden sich Farbtuben. Pinsel und Taschenlampen hatten sie natürlich auch dabei. Sie schlichen durch die Straßen, über den Parkplatz, am Bauzaun vorbei und durch den kleinen Wald und standen endlich am Pool.

Es war eine wolkenlose und vor allem sternenklare Nacht und im Pool spiegelten sich der Große Wagen und der Kleine Bär. Wunderbare Lichtreflexe, Sterne, die aussahen, als wären sie ins Schwimmbad gefallen.

Die Jungs kletterten ins Bassin, stellten die Taschenlampen hin und öffneten die Tuben mit gelber Dispersionsfarbe, tunkten ihre Pinsel in die zähflüssige Suppe und zeichneten die hellen Lichter, malten die leuchtenden Spiegelbilder der Sterne am minzgrünen Boden mit gelber Farbe nach.

Da gab es den Großen Wagen, das Sternbild der Kassiopeia und des Schützen. Den Skorpion und die Leier. Dutzende von Sternen, die nach und nach ihren Weg vom Himmel über einen Pinsel auf die Erde fanden. Ein, zwei Regenschauer würden die Malerei schnell wieder verschwinden lassen, aber für ein erstes Ergebnis reichte das.

»Hey, Flint«, rief Ben plötzlich. »Hier ist ein X in eine der Kacheln geritzt.«

»So eins habe ich auch gesehen«, rief Flint erstaunt. Was mochte das bedeuten? Gerne hätte er die Sache näher untersucht, doch es war zu dunkel. Ob seine Mutter auch schon Sterne markiert hatte?

»Das sehen wir uns morgen an«, meinte Ben. »Bei Tageslicht.« Dann strich er Farbe auf seinen Pinsel und machte weiter.

Es waren so viele Lichter, dass die Jungs kaum hinterherkamen und die Farbe fast nicht reichte. Doch endlich hatten sie es geschafft und alle Sterne vom Himmel geholt. Hinunter in das kleine Schwimmbecken, das nun ganz voll war von gelben Himmelskörpern, von nächtlichen Erscheinungen, die den nächsten Tag erleben sollten, um im hellen Sonnenschein noch schöner zu glänzen als bei Nacht.

Es war schon spät, als Flint und Ben die Farbtuben schlossen und sich auf den Heimweg machten, müde, aber äußerst zufrieden. Mit sich, der Welt und der sternenklaren Nacht, die ihnen den neunten Wunsch erfüllt hatte.

»Unglaublich!«, kreischte Charlotte am nächsten Morgen. Und Jette stand stumm vor Staunen am Beckenrand, deutete mal auf diesen und mal auf jenen Stern.

»Das hier ist der Steinbock«, erklärte Charlotte. »Und das dort drüben der Kleine Bär, mit ein wenig Fantasie. Was ich allerdings nicht ganz verstehe ...«, murmelte sie, »haben tatsächlich all diese Sterne in den Pool geleuchtet?«

»Ich glaube, ja«, sagte Ben und grinste.

Und Flint zuckte mit den Schultern.

Also fragten die Mädchen nicht weiter nach. Die Freunde setzten sich an den Beckenrand, ließen die Beine baumeln und betrachteten den Sternenteppich zu ihren Füßen.

»Wir haben bereits den neunten Wunsch erfüllt«, sagte Jette leise. »Wie das *Buch der seltsamen Wünsche* wohl enden wird, was denkt ihr?«

»Ich glaube, mit etwas total Verrücktem«, sagte Flint. »Etwas, womit wir niemals gerechnet hätten. Aber ich habe keine Ahnung, was das sein könnte.«

»Ich weiß nicht«, meinte Charlotte. »Ich bekomme mehr und mehr das Gefühl, das Ende ist ganz normal.

So normal wie Hühnerdreck oder eine Fünf in Mathe.«

»He!«, rief Ben entsetzt. »Eine Fünf in Mathe ist überhaupt nicht normal. Hoffentlich kommt das Ende nicht so schnell. Von mir aus könnte es nämlich ewig so weitergehen.«

»Ja«, sagte Charlotte und nickte. Seltsame Wünsche waren eine feine Sache, so viel stand jedenfalls fest. Sie hatten welche – dank des Buches sogar jede Menge –, und Charlotte bedauerte all die Menschen, denen solche Wünsche abgingen, die keine Ahnung hatten, was es gab und wie viel davon möglich war.

»Was war euer liebster Wunsch?«, fragte sie neugierig.

»Nummer zwei, mit dem Ort«, sagte Flint. »Und der siebte.«

»Der siebte?«, fragte Charlotte und schüttelte den Kopf. »Mein liebster war der mit dem Zeitverschwenden und die Sache mit dem Ei.«

Die Freunde verstrickten sich in eine Aufzählung der Wünsche, erzählten und berichteten, als wären die anderen niemals dabei gewesen, und waren so Feuer und Flamme, dass sie alles um sich herum vergaßen.

»London war super«, sagte Jette, »mit dem fremden Plan durchs eigene Leben …« Verblüfft starrten die anderen sie an.

»Der ging aber ein bisschen anders, der Wunsch«, sagte Ben, und Jette wurde so rot wie eine Schwarzwälder Kirsche. »Äh, ja, natürlich.«

»Mein liebster Wunsch war der mit dem Ei und die Nummer acht mit den Ländern«, sagte Ben.

Sofort schrien die anderen auf, den achten Wunsch hatten sie ja ganz vergessen und natürlich war das auch ihr Lieblingswunsch neben vielen anderen. So schlich der Vormittag dahin, die Sonne stieg hoch und höher, aber das interessierte nicht, alle Blicke waren ins Becken gerichtet. Auf die Sternenbilder am Himmel, der heute ausnahmsweise mal unten lag. Und nicht oben, wie sonst immer.

15. Tante Claire wird neugierig

An diesem Tag rückte das *Buch der seltsamen Wünsche* gewaltig in den Vordergrund, schwirrte durch die Gedanken und rutschte mit aller Macht ins Bewusstsein der Beteiligten.

Niemand wusste, wie viele Wünsche es noch gab, das Buch war ja nicht besonders dick. Und plötzlich fingen alle an zu rätseln, welches Ziel die Wünsche verfolgten, ob es eine bestimmte Reihenfolge gab und wenn ja, welche.

Die Vorstellung, irgendwann den letzten Wunsch erfüllen zu müssen, schmerzte und warf unzählige Fragen auf: Was kam dann? Wären sie am Ende wirklich alle in der Lage, ihren eigenen Wunsch zu erfüllen, und welcher war das überhaupt? Gab es einen persönlichen Wunsch, der so wichtig war, dass er alles andere in den Schatten stellte und den man tatsächlich auch erfüllen konnte?

Charlotte wagte das zu bezweifeln. Sie glaubte an das Buch der Wünsche, seine Regeln und Folgerichtigkeit, und zwar zu hundert Prozent. Nur hatte sie leider keinen Wunsch. Keinen besonderen, unerfüllten, von dem sie seit Jahren träumte und den sie um alles auf der Welt erfüllen wollte.

Etwas mehr Taschengeld vielleicht? Nein, das war lächerlich.

Neue Freunde? Die hatte sie bereits.

Bessere Noten in der Schule? Schön, aber nicht allzu wichtig.

Einen Freund? Charlotte spitzte die Lippen und pfiff leise vor sich hin. Hey! Was für eine überraschende Idee!

Bei Licht betrachtet, brauchte sie keinen Freund, sie war ziemlich jung und es ging sicherlich noch eine Zeit lang ohne. Aber die Idee war cool, fortschrittlich und verwegen. Und deshalb war sie gut. Nun konnte sie sich entspannt zurücklehnen und abwarten, welche Lösung das Buch der Wünsche für sie bereithielt. Und dieser Gedanke machte die Sache spannend, noch spannender, als sie ohnehin schon war.

Gut gelaunt verließ Charlotte die Wohnung und klingelte bei den Nachbarn. Tante Claire öffnete die Tür.

»Kann ich bei Ihnen zu Abend essen?«, fragte Charlotte in ihrer direkten Art. »Der Kühlschrank ist leer, Ben ist auch nicht da und ich strotze vor Ideen.«

Tante Claire lächelte. »Das klingt aufregend, immer hereinspaziert! In solchen Momenten ist ein saftiges Schweinesteak wohl genau das Richtige.«

Flint saß im Wohnzimmer und auch er schien heute recht nachdenklich. Als er Charlotte sah, grinste er übers ganze Gesicht. »Ich mache mir so meine Gedanken«, wisperte er, »über das Buch der Wünsche.«

Charlotte nickte, warf einen prüfenden Blick in Richtung Küche, doch Tante Claire gab gerade die Steaks in die Pfanne, dass das Öl zischte. »Verrückt, was sich alles verändert hat«, sagte sie leise.

Flint nickte. »An dem Abend, als du bei uns aufgetaucht bist, da hatte ich schon so ein Gefühl, als würden die Ferien diesmal anders werden.«

»Seltsam«, sagte Charlotte und zog ihre Stirn in Falten. »An diesem Abend hatten wir das Buch noch gar nicht.«

»Das stimmt«, sagte Flint. »Sehr seltsam.«

»Ja«, antwortete Charlotte.

Und dann schwieg sie, starrte aus dem Fenster und biss sich auf die Lippen, damit Flint nicht sah, wie sehr sie seine Bemerkung freute.

Tante Claire rauschte mit der Pfanne ins Wohnzimmer, Flint und Charlotte deckten schnell den Tisch und dann machten sich alle über die Steaks her. Und den Kartoffelsalat mit Mayonnaise.

»Ich habe Claire übrigens von dem Buch erzählt«, sagte Flint zwischen zwei Bissen.

»Oh«, sagte Charlotte. »Aber nichts verraten, ja?«

Tante Claire nahm noch einen Löffel Kartoffelsalat, dann hob sie drei Finger zum Schwur. »Ich schweige wie ein Grab. Aber natürlich bin ich unglaublich neugierig.«

Das ließ sich Charlotte nicht zweimal sagen. In den buntesten Farben malte sie die Erlebnisse der letzten Tage aus, berichtete von ihrem Ausflug zum See, dem netten Pfarrer, dem Stadtplan von London und der Sache mit dem Ei. Von den verschiedenen Ländern und den Sternen.

»Welch geniale Idee«, sagte Tante Claire, schüttelte den Kopf und schenkte sich ein Glas Wein ein. »Und wie habt ihr das Rätsel gelöst?«

»Welches genau?«, fragte Flint.

Und Charlotte schüttelte den Kopf. »Es gibt keine Rätsel. Also, ich meine, genügend. Aber sie heißen Wünsche.«

»Ach ja, natürlich«, stammelte Tante Claire, und ihre Zwischenfrage schien ihr unangenehm, äußerst peinlich. Schnell sauste sie in die Küche, und als sie wiederkam, hatte sie drei Tassen Kakao dabei, der hervorragend schmeckte.

Es wurde ein wundervoll fantastischer Abend. Tante

Claire erzählte von früher und Flint wollte alles ganz genau wissen. Wie sein Vater gelebt und seine Tage verbracht hatte.

Fasziniert hörte Charlotte zu, stellte hier eine Frage und machte dort eine Bemerkung. Und Tante Claire nahm sich alle Zeit der Welt, berichtete und erzählte.

Es war ein Ausflug in die Geschichte, der bis nahezu zehn Uhr dauerte.

Als Charlotte aufbrach, erinnerte sie sich an Flints Satz. »Als du bei uns aufgetaucht bist, hatte ich schon so ein Gefühl …« Sie wollte bereits nach der Türklinke greifen, drehte sich aber noch einmal um, umarmte Flint und küsste ihn spontan auf die Wange.

Zu Hause zog sie als Erstes ihr Logbuch aus der Schublade. »Ich brauche keinen Taschenspiegel mehr, habe eine neue Freundin und einen persönlichen Wunsch. Flint ist seltsam und geheimnisvoll wie ein See im dunklen Wald. Das kommt von seiner Geschichte und der Tatsache, dass er so wenig Erinnerungen hat. Erinnerungen sind wie Fußabdrücke im Schnee oder Sand. Wenn man sich umdreht, zeigen sie, wo man gegangen ist, und wenn sie fehlen, ist der Schreck groß.

Meine Schuhe haben Größe 38 und die Abdrücke sind ganz schmal. Ich würde mich allerdings auch niemals nach ihnen umdrehen. Weil ich ja weiß, dass sie da sind.

PS: Ich glaube, Flint findet mich gut.«

Charlotte klappte das Heft zu und ging zu Bett, doch sie konnte lange nicht einschlafen. Da gab es den Satz von Flint, der munter und farbenfroh durch ihren Kopf spukte. Und einen seltsamen Satz von Tante Claire, der sie schon den ganzen Abend über mächtig beunruhigt hatte. Leider fiel ihr auf Teufel komm raus nicht mehr ein, welcher das war.

Ben war an diesem Abend bei den Jetschmanns zum Essen. Falls er geglaubt hatte, dies würde ein ruhiger und gemütlicher Abend, hatte er sich gewaltig geschnitten. Die gesamte Familie stürzte sich auf ihn, als wäre er der seltene Bewohner eines fremden Sterns. Die Kleinen wollten wissen, ob er der Freund von Jette sei, welches Instrument er spielte, was er von Tokio Hotel hielt und ob er singen konnte.

Herr Jetschmann testete mit großem Vergnügen seine mathematischen Fähigkeiten und Frau Jetschmann füllte ihn mit Spaghetti Carbonara ab. Wenigstens schmeckten sie gut, nein, hervorragend, und Ben verdrückte gleich drei ganze Ladungen. So nervös Ben anfangs auch war, nun wurde er ruhiger, genoss den Trubel und die Großfamilie, in der jeder seinen Platz zu haben schien.

»Hast du auch Geschwister?«, fragte Frau Jetschmann,

und Ben nickte. »Einen Bruder oder eine Schwester, das weiß ich noch nicht genau.« Nun war es heraus, aber es fühlte sich gar nicht schlecht an. Ganz im Gegenteil, er hatte es sogar mit einem gewissen Stolz verkündet, ganz nach dem Motto *Was ihr könnt, kann ich auch*, und niemand war darüber mehr verwundert als Ben selbst.

»Aber das ist ja fantastisch!«, rief Frau Jetschmann und lud ihm gleich noch eine Portion Spaghetti auf. Als wäre es sein Verdienst, dass die Familie wuchs und größer wurde.

Jette grinste und wechselte behutsam das Thema.

»Wisst ihr eigentlich, wohin Herr Schripp gefahren ist?«, fragte sie vorsichtig.

»Nein, aber er kommt in den nächsten Tagen zurück«, sagte Frau Jetschmann. »Claire hat so was verlauten lassen, als ich sie gestern beim Einkaufen getroffen habe.«

Dann wandte sie sich den Kleinen zu, wischte hier ein paar Spaghetti ab und dort etwas Soße, scheuchte zuerst Konrad und dann Priscilla ins Bad. »Zähneputzen, meine Herrschaften!«, sagte sie, und die Geschwister trollten sich unter lautem Protest. Nicht ohne vorher von Ben ein Autogramm gefordert zu haben und eine kleine, simple Rechenaufgabe, auf die Schnelle und aus dem Kopf.

»Wir verziehen uns auch mal«, sagte Jette, räumte den Tisch ab und winkte Ben in ihr Zimmer.

»Herr Schripp kommt zurück?«, fragte sie verblüfft.

»Offenbar«, sagte Ben. »Mich wundert, dass Claire uns nicht Bescheid gesagt hat. Sie weiß doch, dass wir ihn gesucht haben.«

Jette nickte. »Ich frage mich, wie das mit dem Buch enden wird«, sagte sie plötzlich und warf sich auf ihr Bett.

Ben setzte sich auf einen Hocker ihr gegenüber. »Das Buch wird uns zeigen, wie wir den eigenen Wunsch verwirklichen können«, murmelte er.

»Hast du eine Idee, wie das aussehen könnte?«, fragte Jette.

Ben schüttelte den Kopf. »Ich habe darüber nachgedacht, sehe aber kein System dahinter. Kein erkennbares zumindest. Wir müssen uns wohl überraschen lassen.«

»Weißt du schon, was du dir persönlich wünschst?«, fragte Jette plötzlich, doch auch diesmal zuckte Ben nur hilflos mit den Schultern. Himmel, was für einen Trottel gab er ab!

Doch Jette lachte nur. »Ich auch noch nicht. Also dürfte es die nächsten Tage wohl spannend werden! Es sind nicht mehr viele Wünsche. Anfangs dachte ich, das Buch endet mit Nummer neun oder zehn wie die

Symphonien großer Musiker, aber jetzt scheinen es doch mehr zu sein.«

»Vielleicht sind es zwölf«, sagte Ben plötzlich und grinste. »Die Zahl Zwölf ist eine besondere Zahl, der Tag hat zwölf Stunden, zwölf Raben leben in der alten Mühle ...«

In diesem Moment rumpelten Jettes Geschwister ins Zimmer. Sie steckten schon in Schlafanzügen, hatten ihre Instrumente unter dem Arm und grinsten.

»Spielen wir noch was, Jette?«, riefen sie und deuteten auf Ben. »Für deinen Freund, damit er mal sieht, was du kannst.«

Jette lachte und griff nach ihrer Geige. »Wenn Ben einverstanden ist«, sagte sie, Ben nickte und machte es sich auf dem Bett gemütlich. Und dann ging es los. Die Kleinen griffen in die Saiten und jagten ihre Bögen über die Instrumente, dass es die reinste Freude war. Jette war nicht so schnell und verpasste beinahe ihren Einsatz, aber dann glitt auch ihr Bogen über die Saiten und eine helle, sanfte Melodie legte sich über die Töne ihrer Geschwister. Es klang, als würden Feen singen, im Nebel über dem Moor. So schön und so lange, bis die Sonne ihre Strahlen in die Herzen der Menschen schickte. Die drei Musiker zogen ihre Bögen ein letztes Mal über die Saiten, dann verbeugten sie sich und Ben applaudierte.

Die Geschwister kicherten, warfen Ben eine Papier-
kugel an den Kopf und hampelten zur Tür hinaus.

»Vielleicht küssen sie sich«, sagte Konrad.

»Igitt!«, schrie Priscilla, und Ben wurde rot.

»Das ist der Nachteil an Geschwistern«, sagte Jette
und legte ihre Geige zurück. »Sie können extrem peinlich sein.«

»Schon okay«, sagte Ben und ruckelte nervös an seiner Brille. »Wo waren wir stehen geblieben?«

»Bei den Wünschen«, sagte Jette. »Und der Frage, ob
es zwölf sein könnten. Was doof wäre, dann hätten wir
nämlich nur noch drei.« Sie verzog gequält das Gesicht.
»Und das ist furchtbar wenig.«

»Andere Menschen haben ihr Leben lang nur drei
Wünsche«, sagte Ben, und Jette lachte. Ja, das stimmte
natürlich. Bei Licht betrachtet, war das ebenfalls furchtbar. Ganz schrecklich furchtbar sogar.

Am nächsten Morgen ging Jette schon in aller Frühe zu
Mister Marlow. Sie nahm eine Geigenstunde und
schlug dann das Buch der Wünsche auf. Wenig später
betrat sie das Café an der Oper, in dem ihre Freunde
saßen und sehnsüchtig auf sie warteten.

Jette setzte sich, kramte ihre Notizen aus dem Rucksack und las vor: »»Der zehnte seltsame Wunsch: Ein
Rätsel zu finden, das seit Jahren ungelöst ist.«« Sie blick-

te in die Runde und ihre Ohrringe zitterten vor Aufregung. »Aber jetzt kommt das Beste, Leute«, sagte sie. »Es gibt tatsächlich keine weiteren Kürzel mehr, keinen Eintrag von wegen geschafft oder okay.«

»Also gar nichts mehr«, wiederholte Ben und nickte.

»Nein«, sagte Jette. »Wir sind allein auf weiter Flur. Egal, wer schon an diesem Buch dran war, niemand hat die letzten Aufgaben geknackt und dieses Rätsel auch nicht.«

Charlotte zuckte zusammen. »Ein Rätsel?«, fragte sie verblüfft. Das war der merkwürdige Satz von Tante Claire gestern Abend! *Und wie habt ihr die Sache mit dem Rätsel gelöst?*

So war es, Tante Claire kannte das Buch. Aber wie konnte das sein? Für einen kurzen Moment überlegte Charlotte, ob sie ihre Gedanken ausplaudern sollte, doch Flint kam ihr zuvor. »Tante Claire hat ein Rätsel erwähnt. In Zusammenhang mit dem Buch der Wünsche. Seltsam!«

»Wer weiß«, sagte Ben und grinste. »Vielleicht war sie ja in einer dieser Gruppen, die an der Frage gescheitert sind.« Das war nun wirklich schwer vorstellbar. Das *Buch der seltsamen Wünsche* war ein Buch für verrückte Leute, Kinder und Jugendliche. Ganz sicher nichts für Tanten und Menschen mit Arbeit, Jobs und Verantwortung.

»Wie auch immer«, sagte Jette. »Lasst uns weiter-machen. Die Wünsche werden immer schwieriger. Und ich möchte nicht, dass wir an einer dieser Fragen scheitern.«

Ganz Jette Jetschmann. Fleiß musste belohnt werden. Für klare Ergebnisse wurde hart gearbeitet. Und die Besten würden gewinnen, so oder so.

16. Ein Rätsel aus der Vergangenheit

Rätsel waren das Hauptthema der Mathematik. Ohne Rätsel hätte niemand begonnen, je irgendetwas zu berechnen. Und trotz aller Rechnungen blieben genügend Rätsel offen und ungelöst.

Ben war in seinem Element. Ein Rätsel zu finden, das seit Jahren ungelöst war, barg allerdings zwei Schwierigkeiten. Erstens: Man musste herausfinden, was niemand sonst herausgefunden hatte. Und zweitens: Man musste es lösen. Auch wenn der zehnte Wunsch dies gar nicht verlangte, aber Ben wollte kein Rätsel finden, auf das er keine Antwort hatte. »Hey, wir sind doch vorgestern Nacht auf etwas Merkwürdiges gestoßen«, sagte er plötzlich. »Im Swimmingpool.«

»Ja, das stimmt«, rief Flint.

Und die Mädchen rutschten aufgeregt näher.

»Auf einigen der minzgrünen Kacheln war ein großes X eingeritzt«, erklärte Flint. »Als hätte jemand die Fliesen mit einem Stein oder Messer malträtiert. Ein Rätsel, aber vermutlich kein allzu spannendes.«

»Da wir momentan kein anderes haben«, sagte Jette, »sollten wir zumindest einen Blick drauf werfen.«

Also marschierten die Freunde zur Filippusstraße, überquerten den Hof mit seinen Müllcontainern und den Parkplatz, als sie plötzlich verfolgt wurden. Es war niemand zu sehen, aber mal knackte hier ein Ast, mal kullerte dort ein einsamer Kieselstein davon. Und die Freunde wurden langsamer, drehten sich um, machten ein paar Schritte und traten schließlich auf der Stelle.

»Die Typen sind schon wieder hinter uns her«, wisperte Flint, blieb vor dem Bauzaun stehen und blickte zu dem ausgebrannten Gebäude hinüber. »Aber ich habe eine Idee.« Er zwinkerte Charlotte zu, lehnte sich gegen den Zaun und schüttelte den Kopf.

»Hier liegt das Geheimnis begraben? In diesem ollen Haus?«, sagte er ziemlich laut, und Charlotte schmunzelte.

»So stand es im Buch der Wünsche. Keine Ahnung, was das soll«, posaunte sie.

Ben und Jette grinsten, sie hatten verstanden.

»Also müssen wir hier rein!«, rief Ben.

»Warum holen wir nicht unsere Sachen vom Pool, gehen nach Hause und kommen mit Werkzeug wieder?«, fragte Jette.

Die Freunde nickten und stiefelten zum Pool. Und es wunderte sie kein bisschen, dass plötzlich keine Äste mehr knackten und auch keine Steine mehr kullerten. Sie hatten freie Bahn!

Charlotte sah Flint von der Seite an und pfiff leise durch die Zähne. Voller Bewunderung und höchstem Respekt. Meine Güte, wie hatte Flint sich verändert! Aus dem schüchternen Jungen war ein cooler Typ geworden, mit jeder Menge Ideen und der Power einer Solarstromanlage. Charlotte grinste und beschloss, diese Veränderung ihrem neuen Logbuch mitzuteilen, als die Freunde auch schon den Pool erreichten.

Schnell kletterten sie ins Becken und suchten Kachel für Kachel ab. Was gar nicht so einfach war, denn die gelben Sterne verdeckten so manches X, das mehr ertastet als erspäht werden musste.

Ben saß am Beckenrand, mit einem Skizzenblock auf den Knien. Und jedes Mal, wenn einer seiner Freunde »Hier!« rief, markierte Ben die Fliese in seiner Zeichnung. Und dann entdeckte Charlotte auch noch auf der ersten Kachel im linken unteren Eck des Beckens einen Pfeil. Und Flint in der letzten Kachel im rechten oberen Eck einen Kreis. Auch diese beiden Zeichen fügte Ben in seine Skizze ein.

»Und wie sieht es aus?«, rief Flint und stieg aus dem Pool.

Es sah so aus:

					X	O
				X	X	X
X		X				
^		X				

»Und was bedeutet das?«, fragte Charlotte.

»Könnten Noten sein«, sagte Jette, schüttelte aber sofort den Kopf. »Nein, es sind fünf Linien und nicht vier.«

Ben starrte auf die Skizze und überlegte. Noten, die Idee war gar nicht so schlecht. Das Kästchen mit dem Pfeil war jedenfalls der Anfang, hier ging es los, das Kästchen mit dem Kreis das Ende. Dazwischen lagen genau 26 Quadrate.

Es gab nur eine Sache, die Ben mit der Zahl 26 verband. »Die Kästchen könnten für das Alphabet stehen«, sagte Ben. »Und wenn man für jedes X den bestimmten Buchstaben einsetzt, kommt am Ende ein Wort heraus. Normalerweise.«

Sofort waren alle Feuer und Flamme. »Läuft es im Kreis herum oder von oben nach unten?«, fragte Charlotte, und Ben überlegte. »Von unten nach oben und wieder zurück.«

»A und N!«, rief Charlotte nach einem Blick auf die Skizze.

»O, R, T!«, rief Flint.

»U und Z«, sagte Jette.

Ben kritzelte die Buchstaben nebeneinander. ANOR-TUZ stand auf seinem Zettel, als er fertig war. Jetzt stellte Ben die Buchstaben um. NARZOTU ... TAU-ZORN ... ZAUNTOR, das war's!

Er sprang auf und jubelte. »Das Tor, es geht um das Zauntor dort vorne neben dem Schwimmbecken.«

»Na, ich weiß ja nicht«, murmelte Jette.

Und auch Charlotte schien skeptisch. Für ihren Geschmack lief das alles ein wenig zu glatt. Das Buch bat um ein Rätsel und schon fanden sie eins. Und lösten es auch noch.

»Habt ihr die Kreuze vielleicht selbst gemacht?«, fragte sie, und Jette grinste so breit wie ein Honigkuchenpferd.

»He!«, rief Ben empört und tippte sich gegen die Stirn.

Flint lachte und sprintete zu dem steinernen Tor mit den schmiedeeisernen Türen. »Hier ist nichts!«, rief er.

»Wir wissen ja nicht, wonach wir suchen«, sagte Ben und drückte Flint beiseite. »Lass mich mal!« Er zückte sein Taschenmesser, stocherte im Erdreich herum, dann widmete er sich den steinernen Säulen des Tors.

Klopfte Ziegel für Ziegel ab und horchte. »Ich glaube, hier ist einer locker«, sagte er, setzte sein Taschenmesser an und zog Zentimeter um Zentimeter einen Ziegelstein heraus. Schließlich griff er mit der Hand in das Loch, stutzte, griff noch tiefer und holte eine Metallbox hervor. Sie war schon etwas verwittert und an manchen Stellen eingerostet, doch ansonsten in gutem Zustand.

»Ich fasse es nicht«, wisperte Ben und wagte kaum zu atmen vor Spannung. Den anderen ging es ebenso.

»Was ist das denn?«, japste Jette.

»Flint sollte das Ding öffnen«, flüsterte Charlotte. »Immerhin besteht die Möglichkeit …«

Ben nickte, daran hatte er auch schon gedacht. Er schob Flint die Dose zu.

Mit zitternden Fingern klappte er den Deckel auf und holte ein Buch hervor.

»›Tagebuch von Lucia Lettermann‹«, las er, stockte und schluckte. »So hieß meine Mutter, vor ihrer Heirat«, fügte er unnötigerweise hinzu, die Freunde hatten längst begriffen.

Flint riss das Buch an sich und rannte, ohne noch etwas zu sagen, in den Wald.

Ben und Jette wollten hinterher, doch Charlotte hielt sie zurück. »Lasst ihn«, sagte sie. »Er möchte sicher alleine sein.«

Vorsichtig griff sie in den Kasten und zog jede Menge Fotos hervor. Von Lucia Lettermann und ihrer Familie. Vor einem schönen Haus, dem minzgrünen Swimmingpool und dem kleinen Wäldchen. In dem nun ihr Sohn saß und mit seiner Vergangenheit kämpfte.

»Was ist das denn?«, wisperte Charlotte und zog eine Urkunde hervor, reichlich zerknittert und mit einigen unschönen Wasserflecken darauf.

»›Schenkungsurkunde, Grundeigentum‹«, las sie. »Herrn Joseph Lettermann wird das Grundstück zwischen der Schnorrbeckstraße und der Filippusstraße als Schenkung überschrieben. Für treue Dienste und die Rettung von Mensch und Material beim Brand 1990. Unterzeichnet: Geschäftsführung der Filippusbrauerei‹.«

»Dann hat die Brauerei Flints Großvater dieses Grundstück vermacht«, sagte Ben. »Und sollte Flint der Erbe sein …«

»… wäre das ziemlich cool«, sagte Charlotte. Sie überlegte, raffte ihre Röcke und sprang auf. »Ich sehe mal nach ihm«, meinte sie und lief davon.

Flint saß auf einem Baumstumpf und blätterte im Tagebuch seiner Mutter. Seine Augen glänzten und die Hände zitterten, doch ansonsten schien es ihm gut zu gehen.

»Ist es nicht wunderbar?«, sagte er leise, als Charlotte

durch die Büsche brach. »Endlich erfahre ich, wie meine Mutter gelebt, was sie gedacht und gefühlt hat. Aus erster Hand sozusagen.«

Charlotte lächelte und setzte sich neben ihn. »Wir haben eine Überraschung für dich, in der Box war noch mehr.«

»Jetzt möchte ich erst einmal das Tagebuch lesen«, sagte Flint. »Aber was hältst du davon, wenn ihr mit der Kiste und den ganzen Sachen zum Abendessen kommt?«

Charlotte nickte und freute sich schon. Auf Flints Gesicht, wenn sie ihm die Urkunde zeigten, und auf das leckere Essen von Tante Claire. Den zweiten Abend ohne Frikadellen und Kartoffelküchlein, Charlotte dankte den Göttern.

Als Charlotte, Jette und Ben den Rückweg einschlugen, hörten sie in dem ausgebrannten Gebäude, das wohl einmal eine Brauerei gewesen war, dumpfes Klopfen, Hämmer auf Stein, schnelle Befehle und aufgeregte Rufe. In das alte Haus war Leben eingekehrt, und die Freunde grinsten zufrieden, den tollen Tom und seine Freunde waren sie erst mal los.

Zur Feier des Tages hatte Tante Claire Lasagne gemacht. Heißhungrig fielen ihre Gäste über das köstliche Essen her, und Flint erzählte, was er den Aufzeichnungen entnommen hatte. »Meine Mutter hat das Tagebuch zwischen ihrem fünfzehnten und achtzehnten Lebensjahr geschrieben. Sie lebte mit ihren Eltern in diesem Haus am Pool, ihr Vater arbeitete in der Filippusbrauerei.«

Die Freunde nickten und warfen sich vielsagende Blicke zu. »Das ausgebrannte Haus hinter dem Bauzaun«, sagte Jette.

»Meine Mutter hatte ein Versteck«, erzählte Flint weiter. »Das Loch im Zauntor. Von klein auf bunkerte sie dort ihre wichtigsten Sachen, auch ihr Tagebuch. Irgendwann erkrankte ihr Vater, und die Familie beschloss, nach Amerika zu gehen, wo es eine Spezialklinik gab. Lucia fiel der Abschied schwer, sie wollte nicht weg. Aus Angst, eines Tages ihr Versteck zu vergessen, markierte sie die Kacheln.«

Flint stockte und verstummte.

»Was passierte dann?«, fragte Tante Claire.

»Dann kommt ihr letzter Eintrag«, sagte Flint. »Sie schreibt, dass ihr Vater eine Riesenüberraschung für ihren achtzehnten Geburtstag plante, und sie hoffte, dass dieses Geschenk, was immer es auch war, in ihre Box passen würde.«

»Das hat es«, sagte Charlotte und holte die alte Dose hervor, öffnete sie und überreichte Flint das Dokument.

»Eine Schenkungsurkunde?«, rief Tante Claire überrascht, und Flint beugte sich erstaunt über das vergilbte Papier.

»Ich habe im Internet recherchiert«, erklärte Ben. »Herr Lettermann hat bei einem Brand auf dem Brauereigelände fünf Menschen gerettet, unter anderem den Besitzer der Brauerei. Und der schenkte ihm zum Dank das Grundstück mitsamt Haus und Pool. Und Herr Lettermann schenkte es vermutlich …«

»… seiner Tochter zum Geburtstag«, wisperte Flint. »Und da Mama nicht mehr lebt, gehört es jetzt …«

»Dir!«, riefen die Freunde im Chor.

»Ach, du grüne Neune!«, rief Tante Claire und umarmte ihren Neffen, zerstrubbelte seine Haare und küsste ihn.

Die Freunde lachten, fröhlich und ausgelassen. Dann wurde die Box auf den Tisch gestellt, Flint und seine Tante versanken in den Anblick der Fotos und es wurde ein Abend voller Rührung und schöner Momente. In denen auch Tränen flossen, jede Menge sogar, weil die ganze Vergangenheit so ansteckend war, dass auch Jette und Charlotte mitheulten.

»Wie die Geschichte wohl weitergegangen ist?«, fragte Charlotte irgendwann leise.

»Das wissen wir teilweise«, sagte Claire und schniefte in ein Taschentuch. »Die Lettermanns starben kurz hintereinander und Lucia flog nach Deutschland zurück. Im Flugzeug lernte sie meinen Bruder kennen. Er hatte mich in New York besucht und war auf der Rückreise. Kurze Zeit später heirateten die beiden und bekamen ein Baby.«

Zärtlich blickte sie Flint an.

»Warum Lucia wohl nie die Dose aus ihrem Versteck holte?«, fragte Jette. »Schließlich war das ihr persönlicher Schatz.«

»Oder ein Haus auf dem Grundstück gebaut hat?«, fragte Ben.

Tante Claire zuckte mit den Schultern. »Das junge Paar hatte nicht besonders viel Geld, dann war das Baby da …«

»Einige Dinge werden wohl für immer im Dunkeln bleiben«, sagte Flint. »Aber das Wichtigste weiß ich jetzt: Meine Mutter hat in dieser Gegend gelebt und war hier sehr glücklich.« Er sprang auf, dankte seinen Freunden und umarmte sie. Ben ein wenig länger als Jette. Und Charlotte ein wenig länger als Ben. Und Tante Claire bekam einen Kuss.

»Wie seid ihr überhaupt auf die Idee gekommen, bei dem alten Tor zu suchen?«, fragte Tante Claire plötzlich.

Schweigen senkte sich über die Anwesenden und Flint schüttelte den Kopf. »Das muss unser Geheimnis bleiben.« Er deutete eine Verbeugung an und seine Tante schmunzelte.

Dann brachte Ben die Rede auf Herrn Schripp und Claire schlug sich mit der Hand gegen die Stirn. »Natürlich, das hätte ich beinahe vergessen. Er kommt übermorgen zurück.«

»Übermorgen schon?«, wimmerte Jette und wurde so blass wie ein Stück Sahnetorte.

»Keine Bange«, flüsterte Ben, als Claire das Wohnzimmer verließ und in die Küche eilte. »Grollmann besucht ihn erst in drei Tagen. Dann sollte das Buch allerdings bei Herrn Schripp sein, sonst …«

»… macht Grollmann Hackfleisch aus uns«, beendete Flint den Satz.

Ben schüttelte sich. »Gegen das Wort ›Hackfleisch‹ bin ich seit einiger Zeit allergisch«, knurrte er, und Charlotte grinste. Ben Dünnbier im Kampf gegen die Frikadellen ihrer Mutter. Aber er hielt sich ganz gut, der liebe Cousin, und murrte nur selten.

Die Freunde gingen früh ins Bett an diesem Abend. Sie hatten einen aufregenden Tag hinter sich, jede Menge erlebt und wollten fit sein für die nächsten Herausforderungen auf der Zielgeraden. Die Schlussakkorde, wie Jette lachend sagte.

17. Der eigene Wunsch

Der nächste Wunsch brach über die Freunde herein wie eine Sturmflut über ein Fischerdorf.

»»Elfter seltsamer Wunsch««, las Jette, die das Buch heute Morgen wieder nach Hause geholt hatte. »»Sich zu erinnern, warum dieses Buch aufgeschlagen wurde, und den wichtigsten, nämlich den eigenen Wunsch zu erfüllen.««

»Was, jetzt schon?«, rief Charlotte. »Wie sollen wir das denn machen? Da muss doch noch irgendetwas stehen!«

Aber mehr stand da nicht. Die restliche Seite war so leer wie ein abgeerntetes Kornfeld.

»Na, bravo«, knurrte Flint.

»Dann war das der letzte Wunsch«, sagte Ben leise.

Jette hielt das Buch gegen das Licht und schüttelte den Kopf. »Auf der nächsten Seite kommt noch was.«

Die Freunde atmeten auf. Das war eine gute Nachricht, auch wenn der Wunsch selbst sie in stille Verzweiflung stürzte.

Wie sollten sie ihn erfüllen? Es gab keine Anweisung, keinen Tipp, nicht die leiseste Hilfestellung. Wozu hatten sie Aufgabe um Aufgabe erfüllt und sich an fremden Wünschen versucht, wenn es für das Erreichen des eigenen kein Rezept gab?

Andererseits hatten sie die vorigen Wünsche auch ohne Anleitungen gemeistert. Und jeden, aber auch wirklich jeden in die Tat umgesetzt. Tatsächlich sogar als Einzige, denn die Kürzel unter den Wünschen waren verschwunden, hatten sich in Luft aufgelöst wie Nebelgeister. Sie allein waren noch im Rennen, nur ihnen eröffnete sich jetzt die Möglichkeit, den eigenen Wunsch zu erfüllen. Und das würden und wollten sie schaffen, um alles in der Welt!

»Also, an die Arbeit!«, rief Ben und sprang auf. »Was ist euer wichtigster Wunsch?«

»He, so geht das aber nicht!«, rief Jette, die sich überrumpelt fühlte. »Vielleicht sollten wir zuerst einmal in Ruhe nachdenken, bevor wir uns austauschen und loslegen.«

»Das ist eine feine Idee«, sagte Charlotte, die sich ihrer Sache plötzlich auch nicht mehr so sicher war.

Also beschlossen die Freunde, erst einmal nachzudenken, ihren wichtigsten Wunsch zu finden und einzukreisen, wie Jäger ihre Beute. Am Nachmittag konnten sie sich dann am Pool treffen und ihre Wünsche in

Angriff nehmen. Gemeinsam natürlich, das stand außer Frage.

Charlotte saß am Küchenfenster und blickte in den strahlenden Sommertag.

»Warum habe ich das Buch aufgeschlagen?«, murmelte sie. Nun, die Antwort war einfach. Es war ihre erste Woche in der Buttermelcherstraße gewesen, der fünfte Tag, um genau zu sein, und sie hatte urplötzlich auch noch ihren Cousin an der Backe gehabt. Keine gute Voraussetzung, um in der neuen Umgebung Freunde zu finden. Und dann waren da auf einmal der coole Junge von nebenan, die blonde Hexe aus dem vierten Stock, Herr Schripp, ein seltsames Geheimnis, Herr Grollmann und dieses alte Heft. Jeder an ihrer Stelle hätte sich auf das Buch gestürzt. Denn es gab nichts zu verlieren, dafür aber jede Menge zu gewinnen.

Erstens: Freunde. Die noch dazu im gleichen Haus wohnten. Das war wichtig wegen der Nächte, einem unvermutet ausbrechenden Feuer, wilden Tieren oder Partisanen, die plötzlich auftauchen konnten.

Zweitens: Abenteuer, die seltenste Sache im Leben.

Und drittens: ein Ziel. Ziele waren so bedeutend wie Straßenlaternen bei Nacht. Oder Sommerferien, von denen man schon im Winter wusste.

Und deshalb hatte sie auch das Buch aufgeschlagen. Weil es Freundschaften, Abenteuer und ein Ziel versprach.

Aus keinem anderen Grund.

Charlotte marschierte zum Kühlschrank und schmierte sich ein Brot mit Olivenpaste, knallte ihren Teller auf den Esstisch und rutschte auf einen Stuhl.

Und was war nun ihr Wunsch? Das mit dem Freund verwarf sie, eine verrückte Idee, mehr nicht. Nachdenklich stopfte sie das Brot in sich hinein, überlegte, und langsam, ganz langsam verstand sie: Drei Dinge hatte sie sich gewünscht und genau diese drei Dinge hatte sie längst erreicht.

Mit dem Buch war sie von Anfang an ihren eigenen Wünschen gefolgt. Hatte Schritt für Schritt neue Freunde gefunden und Abenteuer erlebt, mehr als in ihrem ganzen Leben zuvor. Sie war durch London gereist, im Senegal und in Oklahoma gewesen. Ohne Zelt und Gemüsesuppe, sondern mit dem Schlauchboot, Hähnchen auf Papptellern und Fisch in Zeitungspapier. Sie war einem Ziel und vielen Wünschen gefolgt. Zuerst den fremden und ganz unmerklich auch den eigenen. Und hatte sie alle erfüllt.

Flints sehnlichster Wunsch ließ sich nicht erfüllen, das war leider unmöglich. Trotzdem hatte er das Buch geöffnet und Seite um Seite verschlungen. Wegen der Einleitung und den ehrlichen Worten, die ihm noch deutlich in Erinnerung waren.

»Wünsche«, murmelte er. »Es gibt keine Formel, um sie zu berechnen. Kein Land, in dem sie wahr werden. Und kein Schulfach, das den Umgang mit ihnen lehrt.« Flint hatte gehofft, mithilfe des Buches den richtigen Umgang zu finden. Mit seinen aussichtslosen und traurigen Wünschen, die ihn quälten, wenn nachts im Internat das Licht ausging. Morgens beim Frühstück, wenn statt der eigenen Familie seine Lehrer und Mitschüler neben ihm saßen. Und in den Ferien, wenn Tante Claire versuchte, ihm die Eltern zu ersetzen.

Flint kletterte in den Pool und marschierte über die Fliesen, stromerte durch den Garten und stieg über die Steine des alten Hauses. Im Wohnzimmer setzte er sich auf eine alte Kiste.

Er hatte tatsächlich einen Umgang mit seinen Wünschen gefunden, aber ganz anders, als er jemals gedacht hätte.

Hier war das Haus seiner Mutter, dort drüben ihr geheimstes Versteck und der Pool ihrer Kindheit. Auf einem Grundstück, das nun ihm gehörte. Und wo er eines Tages wohnen, ein eigenes Haus bauen und die wichtigsten Dokumente im Zaun verstecken würde, so wie Lucia Lettermann es getan hatte. Hier war er seiner

Mutter nah und hatte auf ganz seltsame Art nach Hause gefunden.

Niemals hätte er sich träumen lassen, dass ihm das Buch etwas erfüllen, vielleicht sogar schenken würde. Etwas, woran er selbst nicht mehr geglaubt hatte. Doch genau das war passiert. Flint lehnte sich zurück, blickte in den Himmel und lächelte.

Jette streifte durch die Stadt und zermarterte sich den Kopf. Warum hatte sie das Buch geöffnet? Weil sie den anderen eins auswischen wollte, die Sache war einfach. Und weil sie gehofft hatte, mit diesem Buch berühmt zu werden. Schnell, einfach und ganz ohne Geige. Doch das konnte sie weder ihren Freunden noch ihren Eltern erzählen. Eine saublöde Situation, wirklich vertrackt! Sie musste mit irgendjemandem darüber reden, und es erstaunte sie wenig, dass ihre Füße den Weg zur Oper einschlugen. Mister Marlow hatte Zeit, und Rossini, Bellini und Puccini freuten sich, sie zu sehen.

»Wo drückt der Schuh?«, fragte Mister Marlow und setzte Teewasser auf. Jette plumpste auf das rote Sofa, streichelte die Katzen und dann sprudelte alles aus ihr heraus. Sie erzählte vom *Buch der seltsamen Wünsche*, ihren neuen Freunden und der Frage nach dem eigenen Wunsch. »Und?«, fragte Mister Marlow gespannt. »Hast du eine Idee?«

Er drückte Jette eine Tasse Ingwertee in die Hand und setzte sich neben sie.

»Die Musik ist mir wichtig«, sagte Jette. »Aber ich würde gern weniger Geige spielen, andere Dinge machen. Jetzt habe ich Freunde, Spaß und Aufregung …«

Mister Marlow lächelte und beugte sich ganz nah an Jettes Ohr. »Auch ich habe einen Wunsch«, sagte er leise. »Ich möchte nach England zurück, dorthin, wo es die besten Fish 'n' Chips der Welt gibt. Zurück zu meinen verrückten Freunden und einer Familie, die mir den letzten Nerv raubt. Seltsam, oder?«

Jette kicherte. »Mit seltsamen Wünschen kenne ich mich aus«, sagte sie. »Vielleicht gehen Sie mit dem richtigen Stadtplan durch die falsche Stadt«, sagte sie, und Mister Marlow grinste.

»Ein wunderbarer Vergleich«, murmelte er. »Und du gehst mit dem falschen Plan durch die richtige Stadt, vermute ich?«

Jette nickte, sprang auf und bedankte sich bei Mister Marlow. Für die Geigenstunden und das wunderbare Gespräch. Dann machte sie sich auf die Socken, sie musste dringend mit ihren Eltern reden.

Mister Marlow erbat noch am Nachmittag einen Termin – beim Intendanten der Oper und dem Dirigenten, Herrn Jetschmann. Der schüttelte betreten den

Kopf. »Gerade eben höre ich von einem fremden Plan in der richtigen Stadt und jetzt kommen Sie mit dem richtigen Plan in der fremden Stadt«, knurrte er. »Was ist denn heute nur los?«

Mister Marlow lächelte. Offenbar hatte auch Jette mit Herrn Jetschmann geredet. Und das war weiß Gott keine leichte Angelegenheit, wie er selbst gerade feststellte.

Ben brauchte nicht lange nachzudenken. Er wusste, warum er das *Buch der seltsamen Wünsche* aufgeschlagen hatte. Er wollte einem Mathematiker auf die Spur kommen, dessen Gedankengänge verfolgen und verstehen. Leider war ihm das nicht gelungen. Die Wünsche und Aufgaben waren verrückt, erschienen wahllos und wild durcheinandergewürfelt.

Und wenn es doch ein System gab? Etwas, das er übersehen hatte? Für einen kurzen Augenblick ärgerte er sich, dass er nie weiter darüber nachgedacht und sich vom Aktionismus der Freunde hatte mitreißen lassen. Schnell holte er Stift und Papier und notierte:

Erster Wunsch: Eine Reise machen
Zweiter Wunsch: Einen Ort finden
Dritter Wunsch: Eine Nacht verbringen
Vierter Wunsch: Einen Tag sparen

Fünfter Wunsch:	Einem Plan folgen (London)
Sechster Wunsch:	Keinem Plan folgen (ein Ei tauschen)
Siebter Wunsch:	Nicht machen, was man möchte (Ja/ Nein)
Achter Wunsch:	Machen, was man möchte (in zehn Ländern)
Neunter Wunsch:	Sterne vom Himmel holen
Zehnter Wunsch:	Ein Rätsel auf Erden lösen

Ben starrte auf seine Aufzeichnungen und pfiff leise durch die Zähne. Es gab eine Systematik und sie war furchtbar einfach: Reise und Ort, Nacht und Tag, Plan und kein Plan, Gesetz und freier Wille, Himmel und Erde.

Die Wünsche waren Gegensatzpaare. War die eine Sache erledigt, kam das Gegenteil dran. Für sich alleine schien jeder Wunsch einzigartig, aber in der Kombination total verrückt. Ein Paradoxon, wie Mathematiker sagten.

Ben stopfte die Aufzeichnungen in seine Hosentasche

und überlegte, was er sich gewünscht hatte, als sie das Heft aufgeschlagen hatten. Keinen Bruder und erst recht keine Schwester. Der Wunsch hatte sich ins Gegenteil verkehrt, jetzt freute er sich darauf. Auf einen Bruder und erst recht auf eine Schwester.

»Auch ein Paradoxon«, murmelte Ben und schüttelte verwirrt den Kopf. Merkwürdig, wie sich die Dinge verändert hatten. Durch zwei Wochen Aufenthalt bei den Stiefbuschs und durch ein seltsames Buch, dessen Geheimnis er noch immer nicht ganz verstand.

Als sich die Freunde am Nachmittag am Pool trafen, war die Stimmung ausgelassen.

»Meine Wünsche sind alle erfüllt!«, rief Charlotte und strahlte. »Ich hätte das nie für möglich gehalten.« Jette wollte schon nachfragen, biss sich aber gerade noch rechtzeitig auf die Lippen. Bloß nicht, sonst musste garantiert auch sie auspacken. Und das konnte in höchstem Maße peinlich werden.

»Mein größter Wunsch hat sich nicht erfüllt«, sagte Flint. »Das ist aber auch unmöglich.« Er stockte und suchte nach Worten. »Dafür habe ich Dinge geschenkt bekommen, von denen ich nicht einmal zu träumen wagte.« Er lächelte und nickte in die Runde. »Also, auch bei mir ist alles erledigt.«

Jette grinste. »Mein Wunsch hat sich erst mit der Zeit

entwickelt, mit dem Buch und unseren Abenteuern. Aber ich muss das alleine regeln und habe schon mit meinen Eltern gesprochen.«

»Es geht um die Geige und deine Musik?«, fragte Charlotte, und Jette zuckte zusammen. »Woher weißt du …?«

»Nur so ein Gefühl«, sagte Charlotte und drückte Jettes Arm.

»Und mein Wunsch hat sich aufgelöst, oder besser: Er hat sich ins Gegenteil verkehrt«, sagte Ben und grinste. »Ich wollte keinen Bruder und erst recht keine Schwester und jetzt freue ich mich auf einen Bruder und besonders auf eine Schwester. Ich glaube, das war das Abendessen bei Jette.«

Jette lachte. »Gut, dass ich dich nicht zum Frühstück geholt habe, da geht es weniger harmonisch zu.«

Ben zuckte zusammen und die Freunde lachten.

Dann legten sie sich auf die warmen Fliesen, blinzelten in die Sonne und jeder hing seinen eigenen Gedanken nach.

»Also ist der elfte Wunsch erfüllt?«, fragte Flint irgendwann.

»Ja«, murmelte Charlotte. »Merkwürdig, wenn man bedenkt, dass er der schwierigste sein sollte. Echt Pipifax.«

Vielleicht, dachte sie, funktionierte das Buch der

Wünsche wie ein Kochbuch, ein Kochbuch für Anfänger. Schlug man gleich zu Beginn die letzte Seite auf und versuchte sich an Rindsrouladen mit Soße, nun ja. Kämpfte man sich aber Seite für Seite durch Quarkspeisen und Nudelgerichte, Kartoffelbrei und Schnitzel, gelangen einem am Ende auch die Rindsrouladen. Ja, vermutlich war es so. Eine einfache, aber gute Erklärung, die wirklich Sinn machte.

18. Die Zeit läuft!

Am nächsten Morgen trafen sich die Freunde in aller Herrgottsfrühe. Sie saßen bei Flint im Wohnzimmer, hatten gerade den Kasten geöffnet und das Buch herausgeholt, als es an der Tür klingelte.

»Oh nein, das wird doch nicht schon Herr Schripp sein!«, rief Flint. Charlotte griff nach dem Buch und steckte es unter ihren Pullover, Jette warf den Kasten aufs Sofa und Ben trommelte mit seinen Fingern einen schnellen Takt auf die Tischplatte vor lauter Nervosität.

Doch es war Herr Schripp, in voller Größe.

»Bin aus dem Urlaub zurück«, sagte der Hausmeister. »Ich wollte Claire sprechen und euch fragen, ob ihr Erfolg hattet. Bei der Suche nach meinem Freund, Walter Grollmann.«

»Äh, ja«, stammelte Flint. »Tante Claire ist bei der Arbeit. Sie können aber trotzdem reinkommen.« Das war kein sehr freundlicher Empfang, und es wurde auch nicht besser, als Herr Schripp ins Wohnzimmer trat. Charlotte starrte auf die Tischplatte, Jette guckte an die Decke und Ben stammelte etwas Unverständliches.

Flint bot dem Hausmeister einen Stuhl an. »Wir haben Ihren Freund gefunden«, sagte er. »Er wohnt gar nicht weit von hier. Er will Sie morgen besuchen kommen und, nun, er …« Flint verstummte, aber es half alles nicht, sie mussten Herrn Schripp die Wahrheit sagen. Wie sah das aus, wenn ihnen erst morgen einfiel, dass es da auch noch ein Buch gab, das sie übergeben sollten?

»Er hat uns etwas mitgegeben«, sagte Ben.

Jette stöhnte und Charlotte murmelte ein schnelles »Toilette« und verschwand.

»Ihr habt ihn gefunden?«, rief Herr Schripp. »Wie habt ihr das gemacht, wie geht es ihm?«

Ben erzählte von ihrem Besuch bei Herrn Grollmann und Herr Schripp freute sich aufrichtig. »Morgen kommt er zu Besuch, wie schön! Was hat er euch denn mitgegeben?«

Charlotte kam von der Toilette zurück. »Dieses Buch hier«, sagte sie und überreichte es.

»Ach, du meine Güte«, seufzte der Hausmeister. »Was für eine schöne Erinnerung, wer hätte das gedacht!« Er griff nach dem Heft, versenkte es in seiner Jackentasche und erhob sich. »Grüßt Claire von mir. Ich würde gerne eine kleine Party geben. Morgen, wenn Walter kommt. Vielleicht habt ihr ja Lust ...?«

»Und ob«, wisperte Ben und blickte wehmütig dem Buch nach, das sang- und klanglos aus ihrem Leben verschwand.

Flint brachte Herrn Schripp an die Tür und kam mit hängenden Schultern zurück. »So ein Mist!«, murmelte er.

»Wir waren so nah dran«, jammerte Jette. »Fast durch.«

»Wenn ihr mal die Klappe halten würdet«, sagte Charlotte, »könnte ich den zwölften und letzten Wunsch verkünden. Wir wollen doch fertig werden, oder?«

Der Jubel ihrer Freunde war ohrenbetäubend, als Charlotte nach einem Stift griff und den letzten Wunsch notierte, den sie auf der Toilette nachgesehen hatte. »Zwölfter seltsamer Wunsch«, schrieb sie, und der Kugelschreiber knirschte auf dem Papier. »Mit Else Büchlein nach Paris zu fahren und vom Eiffelturm zu spucken.«

Die Freunde starrten sie an. Ben tippte sich gegen die Stirn.

»Was soll das denn?«, schnaubte Jette.

»Bist du dir sicher?«, fragte Flint.

»Ganz sicher«, erwiderte Charlotte und nickte.

»Das ist zum ersten Mal ein konkreter Wunsch«, sagte Ben und runzelte die Stirn. »Und so ein Wunsch passt überhaupt nicht zu den anderen, recht abstrakten Wünschen.«

»Vielleicht steht Else Büchlein für etwas anderes«, sagte Flint.

»Ein Anagramm?«, fragte Ben interessiert und stellte die Buchstaben des Namens in verschiedensten Varianten um. Doch leider ergab keine dieser Kombinationen einen Sinn.

»Wartet!«, rief Ben und pfiff durch die Zähne. Schließlich ging es bei den Wünschen um Gegensatzpaare. Elf war der eigene Wunsch und zwölf musste logischerweise … »Die Sache macht Sinn«, murmelte Ben. »Wir müssen nur herausfinden, ob es diese Else Büchlein wirklich gibt.«

»Wenn du meinst«, sagte Flint erstaunt. »Suchen wir sie!«

Also machten sich die Freunde an die Arbeit, googelten *Else Büchlein*, blätterten sich durch die Telefonverzeichnisse der Stadt und wurden endlich fündig: Es gab eine Else Büchlein und sie wohnte im Conradyweg 7. Das war im Süden der Stadt, dort, wo die wohlhabenderen Leute lebten.

»Und nun?«, fragte Jette spitz. »Wollt ihr sie fragen, ob sie mit uns nach Paris fahren will? Um mal kurz vom Eiffelturm zu spucken? Die wirft uns in hohem Bogen raus!«

Charlotte kicherte. »Stellt euch mal vor, die Lady ist steinalt …«

»Das ist der entscheidende Punkt«, erwiderte Ben aufgeregt. »Könntet ihr das herausfinden? Aber es müsste heimlich geschehen, die Büchlein darf nichts bemerken.«

»Aye, aye, Sir«, sagte Charlotte. »Und was machst du?«

»Ich muss nachdenken«, sagte Ben. »Drückt mir die Daumen, dass etwas dabei herauskommt.« Und mit diesen Worten stapfte er davon. Ein wenig erinnerte er noch an einen Zinnsoldaten, aber nur noch ein wenig.

»Dann mal los!«, sagte Flint und sprang auf. »Am besten fahren wir mit der U-Bahn und hören uns in der Nachbarschaft um. Keine Ahnung, was Ben ausheckt, aber es macht einen äußerst spannenden Eindruck.«

Die Mädchen lachten und schulterten ihre Rucksäcke.

In der Zwischenzeit stapfte Ben durchs Treppenhaus, aufwärts und wieder abwärts, und sprach leise mit sich selbst. »Die Lady müsste im Alter von Schripp und Grollmann sein«, murmelte er. »In diesem Fall nämlich wäre …«

Auf dem Boden im Erdgeschoss lag ein Blatt Papier. Die Putzliste, die vom Schwarzen Brett gefallen war. Ben bückte sich und wollte sie eben zurück an die Wand hängen, als er wie vom Blitz getroffen zusammenzuckte. *Putzplan ab Juni* stand da und hinter die erste Woche hatte jemand mit krakeliger Schrift ein *erledigt* geschmiert. *Zweite Woche, erledigt. Dritte Woche, i.K.* Das gleiche Kürzel wie im *Buch der seltsamen Wünsche*! Bens Augen flogen weiter über das Papier. *Vierte Woche, erledigt. Fünfte Woche, erledigt. Sechste Woche, okay.*

Das durfte doch nicht wahr sein, das zweite Kürzel aus dem *Buch der seltsamen Wünsche*!

Schnell stopfte Ben das Blatt in seine Tasche. Er musste dringend mit jemandem reden, der ihm den Putzplan erklärte, welche Personen wann ihr Kürzel auf dieser Liste machten.

Doch wen sollte er fragen? Geriet er an den Falschen, würde er vermutlich keine ehrliche Antwort erhalten. Und jeder hier im Haus konnte es gewesen sein.

Nein, nicht jeder! Eine einzige Person war unverdächtig, schied mit hoher Wahrscheinlichkeit aus. Wenige Minuten später stand Ben im dritten Stock vor der Tür von Frau Knobbe und läutete.

Es war immer wieder erstaunlich, wie ungewohnt die eigene Stadt aussah, wenn man nur ein anderes Viertel betrat. Die Conradystraße lag in einer stillen Gegend, inmitten von großen Gärten und piekfeinen Häusern. Charlotte, Jette und Flint duckten sich im Sichtschutz dichter Hecken und beobachteten die Straße, die so unbelebt war wie ein Schulhof in den Ferien. Und genauso sauber. Die Bürgersteige blitzten, Zeitungen steckten ordentlich gerollt in den Briefkästen und an den Gartentüren hingen die Bilder wild dreinblickender Hunde.

»Ich liebe das Westend«, flüsterte Charlotte, und Flint drückte ihren Arm.

Zu seinem großen Erstaunen trug Charlotte heute eine Jeans und ein strahlend weißes T-Shirt. Ihre roten Haare hatte sie zu einem Pferdeschwanz gebunden und sie trug die Ohrringe von Jette.

Nun ging die Tür in der Conradystraße 9 auf, eine junge Frau trat auf die Straße und schob einen Kinderwagen vor sich her.

»Entschuldigen Sie bitte«, sagte Charlotte, als sie die Frau eingeholt hatten. »Wir suchen Else Büchlein.«

Die junge Frau lächelte und deutete auf ein Haus mit schmalen Fenstern. »Eins weiter, sie ist meine Nachbarin.«

»Äh, ja«, sagte Jette und setzte ihr strahlendes Jette-

Jetschmann-Lächeln auf. »Wir wissen nicht, ob sie die Richtige ist. Die Else, die wir suchen, müsste im Alter meiner Eltern sein. Zwischen dreißig und vierzig.«

»Dann ist sie es nicht«, sagte die Frau und zupfte an der Babydecke im Kinderwagen. »Frau Büchlein ist knappe siebzig.«

Die Freunde bedankten sich und schlenderten die Straße hinunter, bis sie außer Sichtweite waren.

»Ist das jetzt gut oder schlecht?«, fragte Jette, und Charlotte kicherte. »Keine Ahnung, Ben hat ja nicht gesagt, was los ist.«

»Unser Auftrag ist jedenfalls erfüllt«, sagte Flint und biss in einen Apfel. Er glaubte zu wissen, was Ben vermutete. Ein schlauer Kerl, dieser Ben Dünnbier. Und sein erster richtiger Freund, von den Jungs im Internat mal abgesehen. Aber die zählten im Moment nicht, es waren ja Ferien.

Als die Freunde zurückkamen, saß Ben im Wohnzimmer der Stiefbuschs auf dem Boden. Vor ihm lagen jede Menge Papiere mit Pfeilen, Kringeln, Ideen, noch mehr Ideen und durchgestrichenen Ideen.

»Und?«, fragte er, als die Freunde eintraten.

»Siebzig«, sagte Charlotte, und Ben sprang auf, jubelte und hüpfte durchs Wohnzimmer.

»Setzt euch!«, rief er. »Damit es euch nicht umhaut. Ich denke, ich habe das Rätsel um das Buch der Wünsche geknackt.«

Und dann begann er zu erzählen. Langsam und Schritt für Schritt. Doch er wurde schnell unterbrochen.

»Meinst du wirklich?«, fragte Charlotte verblüfft.

»Aber wieso …?«, überlegte Flint und verstummte.

»Wartet ab«, sagte Ben. »Das war nämlich erst der Anfang.«

Und dann berichtete er von dem Putzplan, von seinem Besuch bei Frau Knobbe und den erstaunlichen Verstrickungen, auf die er bei all dem gestoßen war.

Jette wurde so blass wie Milchsuppe. »Aber das ist völlig unmöglich!«

Ben zog den Putzplan aus der Tasche und reichte ihn herum, Jette wurde noch blasser und nickte. »Aber warum habe ich das nie bemerkt?«

Ben zuckte mit den Schultern und machte ungerührt weiter, er war noch längst nicht fertig.

»Das kann doch gar nicht sein!«, rief Charlotte etwas später, und Flint sah aus, als hätte ihn der Blitz getroffen.

»Du bist dir sicher, oder?«, fragte er leise. Ben nickte.

»Und was machen wir jetzt?«, fragte Jette.

»Ich hätte da vielleicht eine Idee«, erwiderte Ben. »Wie wir das klären und gleichzeitig den zwölften Wunsch erfüllen könnten.«

Die Freunde rutschten enger zusammen und diskutierten, bis ihre Köpfe rauchten. Der anfängliche Schreck wich wilden Spekulationen, verrückten Überlegungen und neuen Ideen.

Bis sich Ben auf dem Flokati-Teppich ausstreckte und lächelte.

»Ich bin echt froh, dass ich euch kennengelernt habe«, sagte er. »Selten hat mich jemand so ernst genommen.«

Flint grinste. »Dann wird es höchste Zeit. Du bist ein Genie!«

»Wenn das alles stimmt, du meine Güte!«, murmelte Jette.

»Es stimmt«, sagte Charlotte. »Wenn Ben das sagt.«

Und dann versanken die Freunde in Schweigen, drehten Bens Thesen in ihren Köpfen von rechts nach links und hingen ihren eigenen Gedanken nach.

Denn so war das unter Freunden. Man konnte über vieles reden und über so manches schweigen. Es blieb sich gleich. Weil jeder den anderen verstand, auch ohne großes Tamtam und schön geschraubte Sätze.

»Ich wusste schon vom ersten Moment an, dass diese Ferien anders würden«, meinte Flint.

»Ja«, erwiderte Charlotte. »Als du mich in meinen Röcken gesehen hast und in den Schnürstiefeln.«

»Verständlich«, sagte Jette. »Ging mir genauso. Kompletter Totalschock!«

Die Freunde lachten, bewarfen sich mit Kissen und vergaßen für einen kurzen Moment alle Geheimnisse und Enthüllungen.

Flint fing sogar ein Lächeln der Leuchtfrau auf, das mehr wog als jede Entdeckung, seltsam nachwirkte und ihn vermutlich die ganze Nacht hindurch beschäftigen würde.

Und so endete der Tag mit dem zwölften Wunsch – der noch nicht erfüllt war – aus einem Buch – dessen Geheimnis vorerst ungelüftet blieb. Zwölf war tatsächlich eine ganz einzigartige Zahl. Mathematisch gesehen hatte sie als kleinste Einheit die meisten Teiler und galt als Basis des Duodezimalsystems. Eine Glückszahl und in Mythologie und Religionen äußerst bedeutsam. Ben dachte an die zwölf Raben, die zwölf Apostel, die Sternzeichen und die zwölf Stühle im Kreis der Artusrunde. Und er freute sich, dass er recht behalten hatte.

Bevor Charlotte an diesem Abend zu Bett ging, zog sie ihr Logbuch aus der Schublade.

»Die seltsame Crew verändert sich munter weiter«, schrieb sie in schwungvollem Eifer. »Flint steht jetzt oft im Mittelpunkt. Jette nicht mehr. Und Ben setzt endlich seinen Kopf ein. Er hat Erstaunliches entdeckt. In der Größenordnung Kernspaltung oder Urknall, zumindest genauso explosiv. Wir sehen jedenfalls einem spannenden Tag entgegen.«

Mit einem zufriedenen Lächeln schob Charlotte das Logbuch in ihre Schreibtischschublade und ging zu Bett.

19. Minzgrüne Sterne und ein knallroter Mond

Es war Samstagabend, die Sonne ging langsam unter und die Hausbewohner trafen sich im Hinterhof. Der Hausmeister hatte seinen alten Freund Walter Grollmann wiedergefunden und das wollte er feiern. Die Tische waren feierlich gedeckt, Frau Knobbe setzte sich mal wieder unter die Blutbuche, Herr Schripp und Herr Grollmann erschienen in Anzug und Krawatte, und alle anderen waren ebenfalls gekommen, auch die Familien aus dem zweiten und dritten Stock.

Flint hatte Fackeln aufgestellt, deren Lichter wilde Schatten warfen, um den Sommer zu vertreiben, Katzen anzulocken oder dem aufregenden Abend das passende Licht zu geben.

Herr Schripp prostete allen zu, stand auf und bedankte sich bei den Kindern, die dieses Wiedersehen schließlich ermöglicht hatten. Die Anwesenden applaudierten, dann kehrte Ruhe ein.

Und plötzlich stand Flint auf. Der schüchterne Junge, der normalerweise jede Aufmerksamkeit mied.

Die Gäste tuschelten, und für einen kurzen Augenblick meinte Flint zu hören, was sie sagten. »Ist das nicht Flint, der Neffe von Claire? Mein Gott, sieht der normal aus.« Flint grinste, nein, er sah nicht normal aus, und er hatte etwas zu sagen, das für Sprengstoff sorgen würde. Er klopfte mit seiner Gabel gegen ein Glas und hob seine Stimme.

»Ja, wir haben den Freund von Herrn Schripp gefunden«, sagte er. »Aber das ist noch nicht alles. Herr Grollmann hat uns ein Heft mitgegeben. Das *Buch der seltsamen Wünsche*.« Erstauntes Gemurmel war zu hören, als Flint auch schon fortfuhr. »Ein Buch, das nahezu alle hier kennen, oder, Tante Claire?«

Er blickte seine Tante an, dann strich sein Blick suchend über die Köpfe. »Familie Mühlfrost aus dem zweiten Stock und die Jetschmanns vermutlich auch?«

Der Hinterhof versank in Schweigen. Nur die Flammen der Fackeln waren zu hören, mit scharfem Knistern leckten sie am Wachs. Und von der Blutbuche lösten sich zwei Blätter, die langsam durch die Stille segelten. »Heiliger Bimbam!«, stöhnte Herr Jetschmann. Dann sackte er in sich zusammen wie ein Mehlsack nach der Entleerung.

»Ach, du grüne Neune!«, rief Frau Mühlfrost.

Und Tante Claire versuchte ein Lächeln, doch es verrutschte.

»Und nun würden wir gerne erfahren, was hinter dieser ganzen Geschichte steckt«, sagte Flint und setzte sich. »Auch wenn wir das teilweise schon ahnen.«

Seine Freunde nickten und klopften ihm auf die Schulter, eine schöne Rede hatte Flint gehalten, knapp und klar.

»Ach herrje!«, seufzte Herr Schripp. Er guckte etwas betreten aus der Wäsche, beratschlagte ein paar Sekunden mit seinem Freund, dann stand er auf und räusperte sich. »Alles begann vor gut und gerne sechzig Jahren, als Walter und ich uns kennenlernten. Wir waren damals elf oder zwölf Jahre alt ...«

Wie alle Anwesenden nun erfuhren, verband die beiden Jungs eine tiefe Freundschaft, eine besondere, einzigartige. Sie hatten tausend verrückte Dinge im Kopf, aber keinen Unfug, sondern jede Menge ernste Fragen. Fragen an sich, an den lieben Gott und an das ganze undurchschaubare Leben. Und sie hatten Wünsche. Verrückte und ziemlich ungewöhnliche. Also schrieben sie eines Abends dieses Buch. Mit zwölf seltsamen Aufgaben, die sie selbst erfüllen wollten. Und machten sich an die Arbeit. Das Buch veränderte ihr Leben, sie entdeckten jede Menge Neues und es verging kein Tag ohne Aufregung. Jeden erledigten Wunsch unterschrieben sie mit *i.K.*, was so viel bedeutete wie *erledigt* oder, in ihrer Wortwahl, *im Kasten.*

»Wir kamen bis zum neunten Wunsch, dann zog meine Familie weg«, erklärte Herr Grollmann. »An unserem letzten Abend überlegten wir, das Buch ins Feuer zu werfen. Doch warum sollten wir? Das Buch konnte auch andere Menschen glücklich machen, mehr als nur unser Leben verändern. Also schrieben wir eine Einleitung und beschlossen, das Buch weiterzugeben. An all diejenigen, die es brauchten oder danach suchten.«

Herr Schripp nickte. »Wir haben uns danach nicht wiedergesehen. Ich heiratete irgendwann, und es verschlug mich in die Buttermelcherstraße, wo ich mich ausgesprochen wohlfühlte. Bis ein paar neue Mieter einzogen: die Jetschmanns, Claire und Familie Mühlfrost. Sie stritten Tag und Nacht, machten sich und allen anderen das Leben zur Hölle. Da erinnerte ich mich an das Buch. Und bat die verfeindeten Parteien, meinen Freund zu finden. Sie taten mir den Gefallen, und als sie vor Walters Tür standen, gab er ihnen das Buch der Wünsche mit.«

»Doch dann war Herr Schripp plötzlich verreist«, sagte Tante Claire. »Und da standen wir nun mit diesem ollen Ding, haben einen Blick hineingeworfen und schon war es um uns geschehen.«

»Natürlich hatten wir nicht viel Zeit«, sagte Frau Jetschmann. »Mit Job und Kindern. Also trafen wir uns einmal in der Woche abends und diskutierten den nächsten Wunsch.«

»Schade, dass wir damals nicht schon hier wohnten«, meinte Frau Stiefbusch, und Tante Claire prostete ihr zu. »Kommen Sie doch mal auf eine Tasse Kaffee vorbei, dann erzähle ich Ihnen alles haarklein.« Und Frau Stiefbusch nickte begeistert.

»Es dauerte auch gar nicht lange«, fuhr Tante Claire nun fort. »Beim vierten Wunsch gaben wir auf. Im Nachhinein war es uns dann sogar peinlich, Kinderwünsche erfüllt zu haben, auch wenn es Spaß gemacht hatte. Also beschlossen wir, die ganze Sache zu vergessen und so zu tun, als wäre nichts gewesen. Immerhin haben wir uns seitdem nicht mehr gestritten.«

»Beim vierten Wunsch?«, wisperte Flint und beugte sich zu seiner Tante hinüber. »Du kanntest aber die Sache mit dem Rätsel, wie kann das sein?«

Tante Claire wurde so rot wie eine Tomate. »Ich habe heimlich alle Wünsche gelesen«, flüsterte sie. »Aber behalte das bitte für dich.«

Und Flint grinste bis über beide Ohren.

Nun stellte Jette eine Frage. An Herrn Schripp und Herrn Grollmann. »Und Sie hatten seit dieser Zeit Kontakt zueinander?«

Die beiden lächelten und schüttelten den Kopf. »Wir hatten vereinbart, dass wir uns nur treffen, wenn es um das Buch der Wünsche geht«, sagte Herr Grollmann. »Das mag etwas seltsam klingen, aber aus unserer Sicht war das logisch. Wir hatten eigene und sehr unterschiedliche Lebenswege eingeschlagen, die wir nur für unseren Jugendwunsch verlassen wollten. Eine stille kleine Verabredung.« Herr Grollmann räusperte sich verlegen und Herr Schripp nickte, schenkte seinem Freund noch ein Glas Sekt ein und lächelte.

Im Hinterhof stieg die Lautstärke, jeder Einzelne wollte mehr wissen oder hatte noch etwas Entscheidendes zu sagen. Wie Glühwürmchen schwirrten Fragen und Antworten durch die Luft, bis Ben an sein Glas schlug und sich endlich Gehör verschaffte. »Wir sind die einzige Gruppe, die alle Wünsche erfüllt hat, alle zwölf.«

Beeindrucktes Gemurmel, nur Schripp und Grollmann guckten etwas verwirrt. »Alle zwölf? Das kann nicht sein.«

»Doch«, sagte Ben. »Denn nur so macht das Buch Sinn.« Und dann berichtete er von den Wünschen, von denen jeweils zwei einen Gegensatz bildeten. Erfüllte man den einen, stellte man wenig später fest, dass auch das Gegenteil machbar war. Eine verrückte Angelegenheit. Bis dann mit dem elften Wunsch der eigene kam und mit dem zwölften …

»Aber bis dahin ist viel passiert«, sagte Ben und berichtete von der Floßfahrt und dem Moment, als Jette über Bord ging. Von dem magischen Café Pringels und dem Grundstück mit dem Swimmingpool, wo einst Flints Großeltern gelebt hatten.

Charlotte erzählte von dem herrlichen Tag in Krawinkel, wo sie Zeit sparten, indem sie sie verschwendeten, und von dem Londoner Stadtplan, mit dem sie durchs Westend gelaufen waren. Und Jette berichtete von der Sache mit dem Ei, aus dem ein gewaltiges Mittagessen wurde. Von dem Tag, an dem sie Ja statt Nein sagen sollten, den zehn verschiedenen Ländern, die sie betreten hatten, und den Sternen, die über Nacht ins Schwimmbad gefallen waren. An letzter Stelle kam das Rätsel, das sie tatsächlich gefunden hatten: auf den Fliesen des alten Pools. Und dessen Lösung Flint zu seinem Erbe verholfen hatte.

Die Anwesenden wagten kaum aus ihren Gläsern zu trinken oder einen Happen zu essen aus Angst, etwas zu verpassen.

Frau Stiefbusch schnäuzte sich vor Rührung und selbst die alte Frau Knobbe hatte Tränen in den Augen. Schripp und Grollmann schienen es am wenigsten zu fassen, sie schüttelten nur die Köpfe und tuschelten leise miteinander.

»Und dann kamen unsere eigenen Wünsche an die Reihe«, sagte Jette, es wurde noch ruhiger im Hinterhof, so still, dass man eine Stecknadel hätte fallen hören können.

»Seltsamerweise hatten sie sich im Lauf der Zeit alle erfüllt, waren durchführbar geworden, hatten sich in Luft aufgelöst oder komplett verändert. Wir konnten es selbst kaum glauben, aber wir möchten den Verfassern des Buches danken. Und zwar mit der Erfüllung des zwölften seltsamen Wunsches.«

Charlotte nahm ihren Hut vom Kopf und schob sich durch die Menge.

»Wir bitten um großzügige Spenden für Wunsch Nummer zwölf«, sagte sie.

Und natürlich gaben alle etwas, selbst die alte Frau Knobbe, die es gar nicht erwarten konnte zu erfahren, wie das Buch wohl endete.

»Die Sache ist nämlich die«, erklärte Ben. »Nummer elf war der eigene Wunsch, und Nummer zwölf, nun ja, das ist der persönliche Wunsch der Autoren.«

In diesem Moment hupte ein Taxi. Ben grinste und stürzte auf die Straße hinaus. Zurück kam er mit einer äußerst gut aussehenden Dame.

»Else Büchlein«, sagte er knapp und führte die Dame zu ihren alten Freunden.

Schripp und Grollmann bekamen vor Überraschung fast keine Luft mehr. »Ist das die Möglichkeit? Else, bist du das wirklich?« Schnell rückten sie einen Stuhl heran. Für Else Büchlein, die Klassenschönste. Mit der die anderen nur ins Kino, sie selbst aber nach Paris wollten. Weil sie verliebt waren damals, und ausgerechnet in das gleiche Mädchen. Und weil sie auf die Dächer von Paris spucken wollten, gemeinsam mit Else. Im Sonnenuntergang, wenn die Welt zwischen Tag und Nacht für einen Moment den Atem anhielt.

Frau Büchlein umarmte erst Joachim, dann Walter. Küsste Walter auf die Wange, dann Joachim. Setzte sich und nahm ein Glas Wein. »Ich habe gehört, dass ihr nach Paris wollt«, sagte sie und lächelte. »Schon sehr lange und ausgerechnet mit mir.« Sie nippte an ihrem Glas. »Paris soll wunderbar sein und ich war noch nie dort. Wann fahren wir?«

Und so ging auch dieser Wunsch in Erfüllung. Nicht sofort, aber wenige Tage später. Herr Schripp und Herr Grollmann konnten es kaum fassen, dass sich der letzte ihrer Wünsche sechzig Jahre Zeit gelassen hatte. Aber so war das manchmal. Wünsche konnten auftauchen und wieder verschwinden, vergessen wurden sie nie. Sie waren zeitlos und erfüllten sich in Momenten, in denen man gar nicht mehr damit rechnete.

Auch für Flint und seine Freunde. Die Sommerferien waren fast zu Ende, und man dachte schon ans Abschiednehmen, als der Bote ein Päckchen brachte mit einem Poststempel aus Paris.

Mit zitternden Fingern riss Flint die Verpackung auf und dann hielt er es endlich wieder in Händen: das *Buch der seltsamen Wünsche*. Mit dem abgegriffenen Einband aus schwarzem Leder und dem verschmierten Aufkleber.

»Es gehört euch«, stand auf der beigefügten Postkarte. »Als Dank. Mit Hochachtung vor eurer Intelligenz und Fantasie.«

Unterschrieben hatte niemand, aber das war auch gar nicht nötig.

Flint warf einen schnellen Blick auf seinen Koffer, der schon gepackt in der Ecke stand, und ging zu Tante Claire in die Küche.

»Ich möchte den heutigen Abend gern mit meinen Freunden verbringen«, sagte er. »Ist das okay?«

Tante Claire lächelte. »Hast du dir eigentlich mal überlegt, das Internat aufzugeben und hier zur Schule zu gehen?«

»Eine gute Idee«, sagte Flint und lächelte. »Ich werde darüber nachdenken.« Er umarmte Tante Claire, griff nach seinem Handy und schrieb eine SMS an die Freunde. »Ich habe eine Überraschung! Sieben Uhr, am Pool.«

Als Charlotte die Nachricht erhielt, saß sie an ihrem Schreibtisch und kritzelte in ihr Logbuch. »Heute ist unser letzter Abend«, schrieb sie. »Das ist traurig, aber ich bin guter Dinge, Flint hat mir nämlich eine Karte geschickt. Aus Samoa, einer Inselgruppe im Pazifik (Luftsprung!!). Es sieht ein wenig seltsam aus auf Samoa, fast wie hier. Und ich habe ein Foto an Bella gesendet, einen Fußabdruck im Sand. Ein klitzekleines Stück Erinnerung, das Bella hoffentlich in die Tankstelle hängen wird.

PS: Tante Claire wusste Bescheid und hat keinen Pieps gesagt. Und die Jetschmanns sind im Boden versunken vor Scham, nur weil sie sich mal ein paar Wünsche gegönnt haben. Seltsame Wünsche sind einfach nichts für Erwachsene, das wusste ich gleich.«

Jette erhielt Flints SMS erst später. Sie hatte nämlich gerade die Geige unterm Kinn und wartete auf ihren Einsatz. Herr Jetschmann wippte leicht mit dem Taktstock und Jette zog sanft den Bogen über die Saiten.

Langsam und leicht erhoben sich die Töne wie Schmetterlinge, legten sich über die Tonlagen von Bratsche und Cello und fügten alles zu einem zusammen. Es war schön, wieder mal zu spielen, ganz entspannt und ohne Druck.

»Fantastisch!«, rief ihr Vater, seine Haare wogten im Takt seiner Hände und die Geschwister grinsten. Jette schloss die Augen und ließ sich von der Musik davontragen, folgte ihrer eigenen Melodie und lächelte. Ben hatte sie zum Abendessen eingeladen, bei sich zu Hause. Eine schöne Idee! Jette konnte den Zug nehmen, gleich am nächsten Wochenende, und sie freute sich schon darauf. Es war erstaunlich, wie ihre neuen Freunde sich verändert hatten. Charlotte war richtig nett geworden, zutraulich wie Mister Marlows Katzen. Wehmütig dachte Jette an Rossini, Bellini und Puccini, die vermutlich gerade in ihren Katzenkoffern im Flugzeug nach England saßen. Und mit ihnen Mister Marlow. Jette seufzte, spielte ein bewegtes Tremolo und kehrte in Gedanken zurück zu ihren Freunden. Flint war überhaupt nicht mehr schüchtern und Ben sprühte nur so vor intelligenten Ideen. Ein verdammt kluger Kopf, das schätzte Jette Jetschmann über alle Maßen.

Auch Ben packte seine Koffer. Er würde wiederkommen, gleich in den Herbstferien. Die Stiefbuschs hatten auf seinem Besuch bestanden und Ben wäre vor Freude beinahe in Ohnmacht gefallen. »Ich schlafe bei den Stiefbuschs und esse bei Tante Claire«, murmelte er vor sich hin, drückte den Koffer zu und grinste. Aber das ging wohl nicht und vielleicht war das auch egal. Er würde Hunderte von Frikadellen in Kauf nehmen für gemeinsame Tage mit seinen Freunden, neue Abenteuer und die nächsten wunderbaren Ferien. Flint wollte dann auch wieder hier sein, sein erster richtiger Freund. Der vermutlich keine einzige Primzahl nennen, geschweige denn den Umfang eines Kreises berechnen konnte. Dafür hatte er mehr erlebt als jeder von ihnen und sagte selten etwas Falsches.

Auch auf Jette freute er sich. Besonders auf ihr strahlendes Lächeln.

Und Charlotte? Nun ja, sie war seine Cousine. Aber dafür war sie ganz schön okay. Ben guckte auf sein Handy. Um sieben Uhr am Pool. Er hatte auch eine Überraschung, zumindest hoffte er, dass es eine werden würde.

Vielleicht war es ein Zufall, vielleicht auch nicht. Jedenfalls kamen sowohl Flint als auch Charlotte eine Stunde zu früh zum verabredeten Treffpunkt.

Schweigend setzten sie sich an den Beckenrand, ließen die Beine baumeln und blickten hinunter auf die minzgrünen Kacheln mit den gelben Sternen.

»Muss man eigentlich auf ein Internat gehen, wenn man keine Eltern mehr hat?«, fragte Charlotte irgendwann.

»Nicht unbedingt«, sagte Flint. »Warum?«

»Es gibt doch jede Menge Schulen hier«, sagte Charlotte. »Du könntest bei deiner Tante wohnen und hast

Freunde im gleichen Haus, also, ich meine ...« Charlotte verstummte.

Mit einem einzigen Satz hatte die Leuchtfrau alles in Rosa getunkt, die Bäume, den Rasen und sogar den Swimmingpool.

»Vielleicht überlege ich mir das«, sagte Flint.

»Tante Claire würde sich sicher freuen«, erwiderte Charlotte.

Peng! machte es, die rosa Blasen platzten und die Bäume wurden wieder grün, der Rasen und auch der Swimmingpool.

Flint zögerte eine paar Sekunden, sollte er sich trauen? Ein einziges falsches Wort, eine unbedachte Geste und die seltene Zweisamkeit wäre dahin. Doch dann gab er sich einen Ruck. »Ich werde dich vermissen«, sagte er leise, und diese vier Worte kosteten ihn seinen ganzen Mut. Gleich würde Charlotte vor Schreck in den Pool fallen oder platzen vor Lachen, was noch schlimmer wäre.

Doch Charlotte nickte nur. »Ich dich auch«, sagte sie leise.

Ihre Antwort zauberte einen Regenbogen in Flints Herz, färbte den Pool orange, den Garten lila und das verfallene Haus knallrot. Und der Himmel strahlte in flüssigem Silber mit einer feurig glühenden Sonne mitten darin. Flint hielt den Atem an und versuchte die

Zeit zu stoppen. Gerne wollte er den Rest seines Lebens in diesen zwei Minuten verweilen, hier am Pool, mit Charlotte an seiner Seite. Doch das mit dem Luftanhalten funktionierte nicht, Charlotte lachte und die Uhren tickten wieder.

Und aus dem Gebüsch stolperten Jette und Ben, mit großen Taschen behängt.

»Käse von Tante Claire, Holundersaft von den Stiefbuschs, Schinken von meinen Eltern!«, rief Jette.

»Lachs von Familie Mühlfrost und Wurstbrote von Frau Knobbe«, ergänzte Ben und ließ die Taschen fallen. »Und in dem ausgebrannten Haus wird immer noch geklopft und gehämmert. Sollten wir den tollen Tom und seine Jungs nicht langsam erlösen?«

Die Freunde schüttelten einhellig den Kopf.

»Bloß nicht«, sagte Flint. »Es ist unser letzter Abend. Und den würde ich gerne in Ruhe erleben.«

Die Freunde lachten und kletterten in den Pool hinunter. Jette packte die Fressalien aus, zündete Kerzen an und Ben taxierte seinen Freund mit großen fragenden Augen hinter der runden Brille. »Was ist nun die Überraschung?«

Flint öffnete seinen Rucksack und zog langsam, ganz langsam das Buch der Wünsche hervor.

»Es gehört jetzt uns«, sagte er. Charlotte kreischte, Ben und Jette seufzten. Und dann reichte Flint die

Postkarte herum. Mit dem Eiffelturm vorne drauf, in der Dämmerung eines Sommerabends. Einer nach dem anderen las die Karte. Schließlich griffen die Freunde nach dem Buch, streichelten stolz über den ledernen Einband und blätterten darin herum.

Jette kicherte. »Ich denke gerade an Bens Idee, mit dem Regionalzug von Hamburg nach München zu fahren, während der ICE eine Panne hat, damit sich der vierte Wunsch erfüllt.«

»He, Frechheit!«, rief Ben und verdrehte die Augen. »Ihr drei hättet das Buch doch für ein verlorenes Schulheft oder die Gebrauchsanleitung der Waschmaschine gehalten. Ihr könnt froh sein, dass ihr mich hattet.«

Die Freunde lachten. Ja, sie waren froh, dass sie Ben hatten. Auch Charlotte nickte. Sie würde Ben vermissen und mehr noch Flint. Aber Jette blieb hier und das war ein schöner Trost. Jetzt, wo sie weniger Geige spielte, hatte sie vielleicht Zeit, um an den Nachmittagen auch mal zu bummeln oder ins Kino zu gehen.

»Ich habe mir etwas überlegt«, sagte Ben mit funkelnden Augen und schob die Fressalien beiseite. »Was haltet ihr davon, wenn wir unser eigenes Buch schreiben?«

»Wie meinst du das?«, fragte Flint erstaunt.

Doch die Mädchen hatten schon verstanden, rissen die Augen auf und nickten ehrfürchtig.

»Du meinst, so wie Schripp und Grollmann«, sagte Jette. »Wir überlegen uns, was wir gerne machen würden, schreiben das auf und versuchen es?«

Ben nickte, vorsichtig und noch etwas unsicher. Doch die Reaktion seiner Freunde war gewaltig und zutiefst begeistert.

»Mannomann«, rief Flint. »Das ist genial! Wenn sich jeder von uns nur drei Wünsche überlegt, schön und unerfüllt, haben wir zwölf, die wir gemeinsam schaffen können!«

»Ja, zwölf schaffen wir«, sagte auch Charlotte.

»Hoffentlich fällt uns genügend ein«, sagte Jette, doch Charlotte winkte ab. »Mach dir da mal keine Sorgen«, sagte sie. Ihnen würde jede Menge einfallen. Weil das Leben voll war mit Wünschen, rappelvoll. Man musste sie nur ernst nehmen und durfte sie nicht vergessen. Aber dafür war das Buch gut. Das *Buch der seltsamen Wünsche*. Das nur funktionierte, wenn man Seite für Seite aufschlug, sich Zeit ließ, nicht schlampte und alles ausprobierte. Am besten natürlich mit Freunden, dachte Charlotte.

Jette nickte, sie dachte wohl ungefähr das Gleiche.

Und Flint starrte in den Himmel, der die Farbe einer Zitrone angenommen hatte. Mit Sternen, so minzgrün wie der Pool, und einem Mann im Mond, der knallrot lächelte.